ベリーズ文庫

初めましてこんにちは、離婚してください　新装版

あさぎ千夜春

STARTS
スターツ出版株式会社

目次

初めましてこんにちは、離婚してください

番外編

新装版特別番外編

初めましてこんにちは、離婚してください

プロローグ

鎌倉《かまくら》時代に公家《くげ》の頂点に立った藤原《ふじわら》氏嫡流《ちゃくりゅう》、摂家《せっけ》の男子直系の血筋として続いた家がある。京都《きょうと》に本家がある、結城《ゆうき》家だ。

我が世の春は千年近く続いたと聞くが、その威光《いこう》も昭和初期の金融破綻で泡と消えたらしい。

今から十年前。平成の御世《みよ》。

かろうじて家屋敷とわずかばかりの土地で食いつないでいた結城家に、ひとりの青年がやってきた。

「お嬢さんと結婚させていただきたい」

いぶかしがる当主に彼は持参していたジュラルミンケースを差し出し、当主の前でそれを開けて見せた。

「結納金とは別に、毎年、彼女の誕生日にこれを送ります」

帯封《おびふう》が巻かれた現金の束に、当主は息を詰まらせる。

「はっきり言いましょう。結城の〝過去〟が欲しい。ただそれだけです。お嬢さんは一緒に住む必要もないし、好きなように生きたらいい。俺は一切関知しません」

当時事業に失敗し、困窮《こんきゅう》の極みにいた当主は、周囲の反対を押し切り、その不躾《ぶしつけ》な青年の要求をのんでしまった。

そしてひとり娘だった結城莉央《りお》は、十六歳の誕生日に紙切れ一枚で見知らぬ男の妻となったのだ。

お世話になりました

渋谷《しぶや》にあるタカミネコミュニケーションズ本社受付は、シブヤデジタルビルの十五階に入っていた。フロアの入り口の自動ドアを、最先端な社風にふさわしい、都会的で華やかな男女がひっきりなしに出入りしている。

そして自動ドアの外に、そんな彼らを物珍し気に眺める、浮世離れした雰囲気の男女ふたり組が立っていた。

「莉央お嬢様、本当にこの中に行かれるのですか？」

「もちろんよ、羽澄《はずみ》」

つい先ほどエレベーターから降り立ったばかりの、〝莉央お嬢様〟と呼ばれた女性は、どこか感慨深そうに開いたり閉まったりする自動ドアを眺めていた。

そしてもうひとり、〝羽澄〟と呼ばれたブラックスーツ姿の青年はアタッシュケースを持ち、ひどく緊張した面持ちで、着物姿の莉央の後ろに立っている。

「緊張しているの？」

莉央は振り向かずに問いかける。

「かなり……」

「だからついてこなくていいって言ったのに」

「そんな、莉央お嬢様をこんなところにおひとりで向かわせるなど、この羽澄、ご先祖様に腹を切らされてしまいます」

「またそんなこと言って……大げさなんだから」

莉央はくすりと笑うと、

「さ、行きましょう」

楚々とした様子で、〝タカミネコミュニケーションズ〟と書かれた自動ドアの奥に入り、まっすぐに正面の受付へと向かった。

真珠貝のようなハッとする肌の白さと、すっきりとした眉。黒目がちな瞳、同じ色の髪と赤い唇の美貌は、恐ろしく周囲の目を引いた。しかも、様々な花が飾られた一台の花車模様の、本加賀友禅《ほんかがゆうぜん》の色留袖を品よく着こなしている。

「わ、着物だ」

「綺麗な人だね。モデルさんかな？」

フロアで打ち合わせをしている社員が、莉央を見てヒソヒソとささやき合う。莉央には誰もがつい見とれてしまうような、人を惹きつける雰囲気があった。

「いらっしゃいませ」

受付嬢がカウンターの前に立った莉央を見て、営業スマイルを浮かべる。

「——高嶺《たかみね》をお願いします」

「失礼ですが、どちらのタカミネでしょうか。本社フロアには五百人の従業員がおりまして……」

「……それは当社ＣＥＯの高嶺正智でしょうか」

「高嶺正智《まさとも》です」

「そうです」

莉央の言葉に、キーボードの上を滑らかに指が動く。

「……この時間に面会のご予約はいただいていないようです」

インターネット事業業界で彼の名を知らない人はいない。そのためアポなしで訪れ、社長に会わせてほしいという来客も多い。そんな人間を追い返すのも、受付の彼女の仕事だった。

受付嬢はいつものように、淡々とした口調で定型文を口にする。

「申し訳ございません。アポイントがない場合、お取次ぎはできかね——」

「待って。結城莉央が来たと言ってくれればわかります」

「結城、莉央様……？」

受付嬢は戸惑いながら和服の彼女を見上げた。

身なりも容姿もとびきり美しい女性の訪問だ。ただごとではないかもしれない。

ＣＥＯである高嶺正智は派手な美男子で、当然女性にもひどくモテる。だが綺麗に遊んでいるのか、いまだかつて女性がこうやって会社にやってきたことはない。

社長室にこもっている社長に素直に連絡するべきか。外出している副社長に指示を仰ぐべきか。それとも警備員を呼ぶか……。

悩む受付嬢の手はまたキーボードの上をふらふらとさまよっていた。

それを見て莉央は、声を抑え、内緒話をするように彼女に顔を近づける。

「妻が来たと」

「え……？」

「妻が来たと言ってください」

柔らかな微笑みで、莉央は受付嬢をじっと見つめた。

タカミネコミュニケーションズは、インターネットの広告事業からＳＮＳサイトの構築、ソーシャルゲームやアプリの開発などインターネット事業を主にする企業である。売上高は一千億円を超え、純利益は年間五十億円にも上る。

シブヤデジタルビルの最上階を含む十五階から二十階が、タカミネコミュニケーションズの本社フロアだ。最上階は社長室であり、半面は総ガラス張りで東京《とうきょう》の繁栄を眼下に見下ろすことができる贅沢な作りになっている。

そしてその部屋の住人である若き社長は、気だるげにチェアーの肘置きに頬杖をつき、もう一方の手で膝の上にのせたタブレットでメールをチェックしていた。そのほとんどが会食の知らせで、憂鬱《ゆううつ》なため息が止まらない。

「……なんでいちいち外で顔突き合わせてメシを食わないといけないんだ……時間の無駄でしかないだろう」

苛立ちを抑えきれないのか、組んだ長い足のつま先が揺れている。

高嶺正智、三十五歳。

つやのある漆黒の髪。まっすぐで凛々《りり》しい眉。黒目がちで目尻がすっと伸びた涼しげな目が特に印象的だ。全体的に意志が強そうな、彫りの深い精悍《せいかん》な顔立ちである。

「もうひとり天宮《あまみや》がいてくれたら助かるんだがな……クローンとか……どうにかならねぇかな」

ひとりであることの気安さからか、学生の頃のようなラフな物言いで、親友でありなおかつ副社長である天宮の名を口にしていた。

人当たりのいい、血統書付きの洋猫のような副社長は、社長の代わりにほとんどの会食に出ている。最近は、半分それが仕事のようなものだと本人も苦笑しているくらいだ。

事業が拡大すればするほど、こういった機会が増える。なにか対策を練る必要があると考えていると、ピコンとタブレットに音声通話アプリの通知が上がる。受付からだ。

タカミネコミュニケーションズに秘書はいない。社内の専用端末はオンラインで繋がっており、こうやって直接やり取りができるようになっている。

タブレットの通知をタップして応答した。

「なんだ」

《奥様がお見えになっています》

「は？」

《結城莉央様とおっしゃっています》

それから音声とは別に文字メッセージが届く。

【お通ししますか？　それとも警備員を呼びますか？】

（妻……結城……）

頭の中で言葉を繰り返し、高嶺はハッとした。

「おい、マジかよ……」

高嶺にとって、結城を名乗る妻の存在は未知との遭遇であり、驚きだった。

いったい今さらなにをしにここに来たのだろう。まったく意図がつかめない。

だが想像もしていない展開は、純粋に高嶺の好奇心をくすぐった。

キーボードに指を滑らせる。

【会おう】

「お会いするそうです。最上階です。そちらのエレベーターをお使いください」

「ありがとう」

莉央はホッとして花のように美しい笑顔を浮かべ、受付の横を通り、エレベーターへと向かう。

「あっ、お嬢様！」

羽澄が慌てたように彼女の背中を追い、エレベーターのドアを開け、先に乗り込んだ。

「最上階って言ってたわね。きっとずいぶん眺めがいいでしょうね」

動き出したエレベーターの中で莉央はつぶやいた。

「お嬢様、煙となんとかは高いところが好きと言いますよ」

「羽澄、ダメよ。そんな言い方をしては」

「ですが羽澄は到底許せません……。あの男はお嬢様を十年も……苦しめ続けました」

羽澄は悔しそうに唇を噛みしめる。

「でもその十年で、結城家は生きてこられた。違う？」

「お嬢様が、そうおっしゃるなら……」

不服そうではあるが、羽澄はうなずいた。

エレベーターが最上階に到着する。廊下には品のいいすみれ色の絨毯《じゅうたん》が敷かれている。左奥の壁には二号サイズの風景画がかかっており、右奥にドアがあった。

「あの画……城田《しろた》先生かしら。素敵ね」

「どうせ金に任せて購入したのでしょう。画のよさがわかる男なはずありません」

羽澄の手厳しい言葉に莉央は苦笑する。

仕方ない。とにかく羽澄は高嶺正智のやることなすことすべてが気にくわないのだ。

彼は税所《さいしょ》羽澄。柔らかそうな茶色のくせ毛と少したれ目の優しい瞳のせいで若く見られるが、二十八歳になる。

莉央にとっては、幼馴染であり、兄のような存在でもあるのだが、羽澄は莉央を女王のように崇《あが》め奉《たてまつ》っていた。

それもそのはず、もともと税所家は先祖代々結城家に仕えてきた一族だったのだ。結城家が没落した今となっては、本当は縁が切れてもおかしくないのだが、なにかと結城家のために尽くしてくれている。

今回は、莉央をひとりでは東京に行かせられないと、税所一族を代表して羽澄がついてきたというわけだ。

両開きのドアに近づくと、自動でドアが開いて、莉央の視界いっぱいに東京の街並みが広がった。莉央の知らない、都会の景色だ。

(なんて風景なの……。そしてあれが私の夫、高嶺正智)

彼を前にして、莉央は痛みに似た衝撃を受けていた。

高嶺は、入り口から十メートルほど離れた、フロアの中央にあるソファセットの奥にあるデスクに、後ろ手をついてもたれるようにして立っていた。そして入り口に立ち尽くしたままの莉央を見て、まるで品定めをするように目を細める。

「驚いたな。こういうシチュエーションを、俺はいまだかつて想像したことがなかった」

ＣＥＯと聞いていたからスーツ姿なのかと思っていたが、意外にもジャケットに白いシャツ、デニムという小綺麗なカジュアルスタイルである。

身長はかなり高い。鍛えているのか、ジャケットの下の体は厚く、しなやかに引き締まっていた。

（なんて強い目なんだろう……）

見られているだけで身ぐるみはがされるようなそんな気持ちになる。あれほど強く望んだこの状況なのに、すぐに言葉が出ない。

莉央は震える手を強く握りしめ、顔を上げた。

（莉央。負けないで。勇気を出すの。おじけづかない……今日この日のために、頑張ってきたじゃない）

まっすぐに、値踏みするような夫の目線を受け止めた。そして背筋を伸ばし、凛とした声で言い放つ。

「初めましてこんにちは。あなたの妻です。早速ですけど離婚してくださる？」

「は？」

「羽澄」

莉央は後ろに控えていた羽澄を肩越しに振り返る。

「はい」

羽澄は持っていたアタッシュケースを抱え、高嶺のもとへと向かう。そして、怪訝《けげん》そうに腕を組み直した高嶺を睨みつけながら、彼に見せつけるようにケースを開けた。

「離婚届と今年のお金です。今までお世話になりました」

目を見張る高嶺に向かって、莉央は上品に微笑んだ。


「で……これが奥さんが置いていった離婚届と現金一千万?」

「今年の分だそうだ」

「なるほど」

会食から戻ってきた副社長の天宮翔平《しょうへい》は、デスクの上に置かれたままのアタッシュケースをパタンと閉じ、苦虫を噛み潰したような表情で、窓の外を睨みつけている高嶺に目をやった。

「でもさ、会ってみたかったなぁ……。相当美人だったらしいじゃん。下、大騒ぎだよ」

「そうだな」

「顔、知らなかったの？」

「必要ないだろ」

「まぁそうだけど」

ふんわりと波打つくせ毛をかき上げる天宮は、社長の高嶺とは違いきちんとした英国スーツに身を包んでいる。ブルーの三つ揃えにえんじ色のネクタイがよく似合う、甘い顔立ちをした王子様風な風貌で、どこか野性的な高嶺とは正反対である。

タカミネコミュニケーションズの若き創業者ふたりは、学生時代から対称的で、オセロの黒と白とからかわれていた。

「で、どうするの」

「どうするもこうするも……」

「離婚する？」

「するわけないだろう！」

高嶺は切れ長の目をカッと見開き怒鳴る。

「なぜ俺が一方的に離婚されないといけないんだ⁉」

「一方的に結婚したくせに」

「翔平！」

「はいはい、まぁ落ち着いて」

天宮は社長室に置かれたソファに腰を下ろし、苛立ったように窓際を行ったり来たりする親友を手招きする。

「マサ。ちゃんと考えよう」

「ちゃんと、な……」

親友の言葉に、いくぶんか冷静さを取り戻した高嶺は、ハアッと大きくため息をつき、ローテーブルを挟んで天宮の前に座る。

「まず、奥方様のことを考えてみよう。問題はなぜ今離婚と言い出したのか、だよ。なんにしろその理由を確かめるのが先決じゃないかな。ちなみに今日は男と一緒だったと言っていたけれど……。そいつ、恋人ぽかった？」

「一緒にいた男か……」

天宮に言われて莉央と一緒に来た男のことを思い出す。

年は二十代だ。学生のような雰囲気の線の細い男だった。

「いや、間男って感じじゃなかったな」

結城莉央。

所詮名ばかりの妻だが、さすが結城家のひとり娘だ。華があったことは否定しない。

あの男が結城家ゆかりの者ならば、自分に向けられる敵意が間男のそれとは違っていたのも当然だろう。

「ふぅん……。さすがに間男連れて夫のところには来ないか……。でもやっぱり、普通は好きな男ができて、どうしてもその男と再婚したいんだって考えるのが自然な気がするな。じゃないと毎年一千万の援助があって、亭主元気で留守がいいなんて、こんな最高の条件の結婚、やめないでしょう」

「今年の分は返されたから、今まで支払った金額は九千万になるな」

「あ、でも結納金の五千万もあるよ。合計一億四千万」

「……もとは取っただろ」

「まぁね」

意味深に、天宮は微笑む。

「じゃあ相手はそれなりの資産家かもしれないね。一応調べたほうがいいんじゃない。同業他社だったら目も当てられないよ。〝IT界の若き帝王、寝取られる〟って週刊誌の見出しに載る」

冗談めかした天宮の言葉に高嶺は眉間に皺《しわ》を寄せた。

「最悪だな」

「まぁ、ちょっとだけ笑われるかもしれない」

「ちょっとで済むか」

高嶺は舌打ちし、足を組み直した。

返す返すも腹立たしかった。

(今さら惚れた男と結婚したい？　くだらない。馬鹿馬鹿しい。遊びたいなら勝手に遊べばいいんだ。別に俺に操《みさお》を立てる必要はない。所詮恋愛なんて脳の錯覚でしかないというのに)

本当に天宮の言う通りだとしたら、週刊誌はおもしろおかしく書き立てるに違いない。考えるだけで頭が痛くなってくる。

「六月の株主総会まであと四カ月だ。プライベートのことであれこれ騒がれるのは避けたい」

「そうだね。とりあえず奥方様を刺激しないよう、様子見することにしようか」

というわけで、莉央の新しい男の正体は天宮が人を使って調べさせることになった。

「マサ」

天宮が、社長室を出ていく時、ふと思い出したように振り返る。

「なんだよ」

「まさか奥方様に十年経って離婚届突きつけられるなんて思ってなかったよね。不謹慎だけど俺はちょっとワクワクしてるよ」

「他人事だと思って……」

副社長は繊細で美しい顔をしているが、中身は意外にタフなのだ。

「ふふっ。他人事じゃないよ。そうだろ？」

ふたりで作った会社である。一連托生《いちれんたくしょう》であることは事実だ。とにかくこんなことでケチをつけられるわけにはいかない。

天宮を見送った後、高嶺はソファに倒れるように横たわった。

十年以上前のことだ。当時大学院の理工学研究科で情報工学を学んでいた高嶺は、サラリーマンだった親友の天宮を誘ってマンションの一室で事業を始めた。

インターネット広告事業は、おもしろいほど儲かった。そして一年経った頃、高嶺はさらなる高みを目指して、一か八かの賭けに出た。それが今のタカミネコミュニケーションズの土台になっている。

薄桃色の色留袖姿の莉央を思い出す。

世間知らずの箱入りお嬢様だと甘く見ていたら、見返す瞳はまっすぐで、なにがなんでも自分の気持ちを貫くのだという強い意志を見せつけた。

短気で、どんなことでも負けることを嫌う高嶺も、ほんの一瞬だけとはいえ気圧されたのだ。莉央が言いたいことを言って帰るのを止めることができなかった。

そして今さらだが、目の前に現れて初めて、結城莉央がひとりの人間として存在することに驚いていた。

そもそも結婚する前も、した後も、莉央とは一度も顔を合わせたことがない。それどころか写真すら見たことがなかった。毎年の振り込みも当然他人任せで、結婚し目的を果たした後は、正直結城家のことを思い出しもしなかった。今回のことは高嶺にとって青天の霹靂《へきれき》だったのだ。

「だが、俺は離婚なんて絶対にしないからな……」

他人になめられたら終わりだ。弱みを見せることは死ぬことと同じだ。

誰にも、絶対に負けない。

強く心に決めた高嶺は、ぎりっと唇を噛みしめ、握りしめた拳を口元に押し当てた。

タカミネコミュニケーションズを出てからホテルの部屋に戻るまで、莉央の心は弓の弦のように張り詰めていた。

「お嬢様、お茶でもご用意しましょうか？」

莉央の様子を見て、部屋の前までついてきた羽澄が心配そうに問いかける。

「大丈夫よ。少し眠りたいの……いい？」

時計の時間は午後四時をさしている。

「わかりました。では七時の夕食の時間になったらお迎えにあがります」

今日という日がどれだけ大変な日だったのか、羽澄はもちろんわかっている。莉央が部屋に入るのを見届けると、階下の自分の部屋に戻っていった。

そして莉央は、ドアが閉まった次の瞬間、その場にへナへナと座り込んだ。

「はぁ……疲れた……」

自分の口から出た言葉に、ふと笑みがこぼれた。

「頑張ったよね、私……」

自分を励ましながらなんとか立ち上がり、よろよろと部屋の真ん中にあるソファに移動した。

今日、莉央たちが宿泊するのは都内の外資系ホテルだ。昨晩京都の実家から送ったスーツケースが部屋の隅に運び込まれていた。シングルではあるが間取りはかなり広く、ソファまであるラグジュアリーな雰囲気の部屋だ。

莉央自身は普通のビジネスホテルだと思っていたので、ここに来て面食らってしまったが、あまりにも疲れていて、『身の丈に合っていない』と、羽澄に文句を言う気にもなれなかった。

ふと、脳裏に獣のような男の姿が浮かび上がる。

誰も手懐《てなず》けることはできない、野生の獣。高嶺正智……。美しい男だった。

十年前、紙切れ一枚で莉央の夫になった男。

傲慢で……人を人とも思わない、莉央の人格すべてを否定した男。

あの男に十六歳の莉央の心は引き裂かれてしまった。

「……っ」

喉からひゅうっと息が鳴った。

悲鳴が漏れそうになり、手のひらで口を押さえ背中を丸くする。ぎゅっと閉じた目の端から、丸い涙が溢れ、頬を伝った。

(十年前、学校から帰ると私の結婚が決まっていた。嫌だと泣いて叫んでも、家長である父の決定は絶対だった)

これがただの政略結婚なら、おそらく莉央は数年で環境に適応していただろう。結城家のひとり娘に生まれた以上、自由に結婚する権利などないということは、わかっていた。不満はあれど、それでも毎日顔を合わせ、言葉を交わしていれば、夫となる人との間に絆が生まれたはずだ。

けれど莉央の結婚は違った。

夫の顔も声も知らないまま十年。完全に無視された人生だった。

こんなひどいことがあるだろうか。死んだほうがマシだと思うばかりの日々だった。

それでも、目が飛び出るような額の結納金と、毎年莉央の誕生日に送られてくる一千万円で、結城家が首の皮一枚繋がったのはまぎれもない事実。おかげで祖母、そして家長である父は、旧家の体面を守りながら死ぬことができた。

そして今、残された母が、莉央に『もう十分だから』と言って、ここに送り出してくれたのだ。

（お母さん、ありがとう……）

「あ、お母さんに電話しなきゃ」

母のことを思い出し、バッグからスマホを取り出してじっと画面を見つめる。

「えっと……どうするんだっけ」

莉央は、パソコンはおろか携帯の類を持つのも初めてだった。

通っていた地元の女子校はかなり古風な校風で、少なからず莉央のように持っていない子もいたのである。さらに高校を卒業してからは、祖母の介護や母の手伝いでほぼ自宅にいたため必要としなかったのだ。
この機会にと契約したのだがまったく使いこなせていない。
「見れば感覚で動かせるって言ってたけど……あ、できたっ！」
電話番号に触れると同時にスマホが呼び出し始めたのに気づいて、慌てて耳に押し当てる。
《結城でございます》
「お母さん、莉央です」
《ああ莉央。よかったわ。さっき羽澄から電話があったのよ》
「本当？　じゃあ話は聞いてるのね」
《ええ……》
感慨深い様子で、電話の向こうの母は息を漏らす。
《頑張りましたね》
「ありがとう」
《それと……その、ひとり暮らしの件だけど、本当に？　気持ちは変わらないのですか？》
「お母さんごめんなさい。だけど私、もう二十六になるのよ」

《そうだけれど、やっぱり心配だもの。しかも東京だなんて……》

「大丈夫ですって。きっとなんとかなるわ」

母を落ち着かせるためにそう言ったのだが、口に出すと自分でもなんとかなるような気がしてくるから不思議だ。

《そんなこと言って……あなたって、普段は我慢強くて慎重なのに、いざという時楽観的になるのよね》

「私が楽観的なのはお母さんに似たせいよ。それよりお母さんは大丈夫なの？」

《お母さんこそ大丈夫よ。荷物を少しずつ整理して、郊外に小さな家を借りるつもり。お花とお茶、それと書なんか教えられるから、それで生活していけそう》

「うん」

《屋敷もね、いずれ然るべき機関に保存してもらうつもりよ。莉央の生まれた場所がなくなるわけじゃないのですからね》

だから気にするなと母は言いたいのだろう。

電話の向こうの母は、娘の幸せを誰よりも願っているのだ。

母が背中を押してくれなければ、莉央は離婚に踏み切ることなどできなかった。

莉央は何度も「ありがとう」と言い、通話を終えた。

根っからのお嬢様育ちの母が自活するという。

もちろん羽澄の一族を含め、結城家に恩義を感じて、母を助けてくれる人がいるからこそ、今回の離婚に踏み切れたのだが、不安もあった。

（私が落ち着いたら、お母さんを呼び寄せよう。ううん、呼び寄せられるように頑張らなくっちゃ）

そうだ、疲れてはいられない。

莉央はすっくと立ち上がり、ゆったりとしたワンピースに着替えると、手荷物の中から、スケッチブックと鉛筆を取り出し、部屋の隅に飾ってあった花瓶の百合をテーブルの上に運んだ。日課の写生である。

写生で大事なことは観察すること。まずモチーフの位置と向き、視点を考え、花全体の大きな形を描いてから、細かい部分をさらに描き込んでいく。

（描いている時はすべてを忘れられる。つらいことも寂しいことからも、自由になれる……）

自分への慰めに日本画を習い始めてから十年。気がつけば莉央は日本画の魅力にのめり込んでいた。

しばらく無心に鉛筆を走らせて、何枚も描いていた。ふと気がつけばそろそろ午後六時である。

(着彩は今度にしよう。この部屋、値段はわからないけどすごく高そうだし……汚したりしたら大変だもの)

「ふわ、眠い……」

莉央は小さくあくびをして、ソファに横になった。

(食事の時間まで、少しだけ……)

けれどそのうたた寝があまりよくなかったようだ。ほんの少しの間目を閉じていて、妙に寒気を覚えて目を覚ますと、こめかみのあたりがズキズキと痛む。

(失敗した……)

もともと神経が張り詰めていたのだ。東京に来たのも生まれて初めての大冒険である。ちょっとしたことで体調を崩すのも当然だろう。

(でも、具合が悪いなんて言ったら羽澄が大騒ぎね。黙っておこう)

手荷物から常備している鎮痛剤を取り出して水で流し込んだ。

翌朝、簡単な朝食をルームサービスでとった後、仕事のために一旦京都に戻る羽澄を東京駅まで見送ることになった。

「莉央お嬢様おひとりで本当に大丈夫なのですか？」

新幹線のホームでも、まだそんな様子の羽澄に、莉央は笑って彼を見上げる。

「子供じゃないのよ、羽澄」

「もちろん存じてますよ。ですがおいくつになっても羽澄にとってお嬢様はお嬢様ですからね。一週間ほどでまた戻ってまいりますから、くれぐれもご注意くださいね」

「わかりました。ほら、そろそろ出るみたいよ。羽澄こそ気をつけて帰ってね」

名残惜しそうな羽澄を新幹線に押し込み、手を振る。座席に座った窓越しの羽澄は、身振り手振りで別れを惜しみ、悲壮感漂う表情で京都へと帰っていった。

（ふぅ……やっとひとりになれた……）

心配してくれる羽澄には悪いが、それが正直な思いだった。

彼がそばにいると、なんでも先回りしてやってしまうのだ。だがそれでは自立などほど遠い。

（お嬢様はずっとお嬢様と羽澄は言ってくれるけど、離婚が成立したら羽澄との関係もきっと変わる。早く一人前にならなくちゃいけない）

莉央は斜めがけのバッグから手帳を取り出した。東京に来る前にきちんと〝やることリスト〟を作ってきたのだ。

リストにはずらりと莉央がやるべきことが書き連ねてある。

一番は【離婚届を渡す】。それから【住む場所を探す】【仕事を探す】。そして【設《し》楽《た》先生にご挨拶】であった。

設楽は高名な日本画家で、莉央の師匠でもある。ほんの数年前まで京都にいたのだが、あまりにも画が売れ有名になりすぎたのだろう。自宅兼アトリエにひっきりなしに客が訪れるのを嫌がり、主な活動場所を東京に変えてしまった。

（設楽先生、何度かアトリエにお電話したけど留守番電話にすらならなかった。もしかしたら日本にいないのかもしれないけど、とりあえず行ってみよう）

開店したばかりの百貨店へ行き、設楽が贔屓《ひいき》にしていた和菓子屋の生菓子をいくつか購入する。路線図を確認しながら私鉄に乗り、なんとか目的の港区《みなとく》元麻布《もとあざぶ》のマンションへとたどり着いた。

そこはデザイン性の高い五階建ての高級マンションで、床はタイル貼り、受付にコンシェルジュが立っている。

自分の名前を名乗って、ロビーのソファで待っていると、

「本当に莉央なのですか？」

焦ったような声がエントランスに響く。

声のしたほうを振り返ると、着流し姿で眼鏡をかけた、背の高い細身の壮年の男が慌てたように走ってくるのが見えた。

「設楽先生！」

懐かしい顔に、莉央は立ち上がり駆け寄った。

「莉央です、先生、お久しぶりです！」

「ああ、信じられません。本当にあなたなんですね？」

設楽が東京に移ってからも季節の手紙や電話などでやり取りはしていたが、こうして顔を合わせるのは、一年半前、京都で設楽の個展が開かれた時以来だった。

設楽は何度か口をパクパクさせた後、ふと真顔になって、

「ここではなんなので、アトリエに来なさい」

と、莉央をエレベーターに乗せる。

（先生、お変わりないみたい……）

莉央の横で、エレベーターの五階のボタンを押す師匠の顔を見上げた。

設楽桐《とう》史《し》朗《ろう》。四十二歳。

額にかかる波打つ髪はシルバーグレー、全体的にすっきりとした顔立ちの、生まれながらの美形で、壮年の男の魅力が極まれば、きっとこうなるのだろうという見本の

ような人物である。

（相変わらずなよ竹のように清楚で、でもどこか色気があって、先生の描く画にそっくり）

「お茶を淹れますから、リビングのソファで待っていなさい」

アトリエに入ってすぐ、急いたように設楽がそう口にし、莉央の背中を押してリビングへと向かわせる。

「先生、お茶なら私が……」

「いいから座って。私もなにか手作業をして、落ち着きたいので」

苦笑しながらキッチンへと向かう設楽の様子を見る限り、自分の訪問は師をかなり驚かせてしまったようだ。

広いリビングにはテレビもない。来客のためのソファセットが置かれているだけだ。

ここは純粋なアトリエで、おそらく眠る場所は他にあるのだろう。

莉央はソファの端に座り、戻ってきた設楽に改めて頭を下げた。

「ごめんなさい、先生。いきなり来てしまって。お電話は先週から何度かしたのですけど」

「ああ、先週はパリにいたんですよ。誰にも告げずに出かけたから、留守番電話もパンパンで……だから莉央は悪くない」

煎茶《せんちゃ》を手際よく淹れ、さらに莉央の手土産の生菓子を目の前のテーブルに置く。それから彼自身も座るのかと思ったのだが、設楽は身をかがめて、莉央に顔を近づけた。

「……もっと近くで、見たいんです。立って」

「はい」

立ち上がると同時に、顔がふわっと設楽の両手のひらに包まれる。

百八十近い長身のためか、莉央との二十センチの差を埋めるためにかなり顔が近づいてくる。月の光のような美貌にあてられて、莉央の頬が自然と赤く染まる。

（十代の頃からお世話になっているのに、先生の顔を見ると、やっぱり緊張してしまう……）

「先生……？」

戸惑いながら問いかけると、

「いや、女性に不躾な態度をとってすみません。でもなんだか信じられなくて……莉央がここにいるなんて……」

設楽は困ったように笑い、中指でかけていた眼鏡を押し上げた。

「なにがあったのか、話してもらえますね？」

「――はい」

そして莉央は昨日東京に来たこと、そして、高嶺に会って離婚届を突きつけたことも説明した。

「そうですか……離婚届を」

「はい。夫のところに今日の午後にでも取りに行くつもりです」

「その後は？」

「住むところを探します。だいたいの目星はつけてきたので大丈夫です」

「お金はどこから？」

「母から借りました。働きながら返します」

莉央が微笑むのを見て、設楽は端正な顔をかすかに歪ませた。

「そのお金はもとはあなたが自分を売ったお金ではないのですか」

「っ……」

〝借りる〟という言葉が設楽の気に障ったのだろう。

だが莉央が困ったように微笑むと、設楽は髪をかき上げてうつむいた。

「ああ、莉央。すみません。あなたを傷つけるつもりはなかった。私が悪かった。すみません……」

謝罪の言葉に莉央は首を振る。

「いえ、ご心配おかけして申し訳ありません。自分でも無謀《むぼう》だとわかっています。だけど頑張りたいんです」

実家でも散々反対されたし、羽澄も賛成しているとは言いがたい。それでも莉央の言葉には揺るぎないものがあった。

すると設楽は「あなたは昔からそういう頑固なところがありましたね」と笑い、表情を変え、真剣な眼差しになった。

「わかりました、莉央。美術商《ギャラリスト》を紹介しましょう。今までは難しい立場にいたからそんなことも言えなかったけれど、あなたにはその力がある。これからは一人前の画家として、生きていくことを選ぶのです」

「ええっ⁉」

ギャラリストというのは、自前の店を持ち、美術家をプロモートし育てる存在である。設楽は莉央に自分の画を売って生活しろと言いたいのだ。

「すぐに実家に連絡をして今まで書いたものをここに送ってください。私が厳選して、ギャラリストに見せますから」

「ちょっと待ってください、先生。私はそんな……」

莉央は慌てて、ソファから腰を浮かせた。

画を描くことが好きで、一生描き続けたいと思っているのは事実。けれど日本画家として生きていくという選択肢を、いまだかつて一度だって考えたことすらなかったのだ。

「先生。私、学歴もキャリアもありません……先生にご迷惑がかかります！」

美術界という場所が、明治の頃から派閥と画壇《がだん》の階級制度に縛られたピラミッドだということは世間知らずの莉央でも知っている。そして設楽がその若さにおいてほぼピラミッドの頂点にいることも。

公募にすら一度も出したことがない莉央が、そこを一足飛びに駆け上がれば、その手助けをした設楽が標的にされる。ただでさえその成功をやっかまれている設楽が、自分のせいで貶《おとし》められる可能性も出てくるのだ。

「莉央」

けれど設楽はそんなことはどうでもいいと言わんばかりに、焦る莉央の言葉を一刀両断する。

「私はその実力がないものに夢を見させたりはしません。常々惜しいと思っていたのです。ただ、それだけですよ」

その声も、眼差しも、真摯《しんし》な熱を帯びていた。

「先生……」

（先生は、私に画を教えてくれただけじゃなくて、居場所も作ってくれようとしている……）

そのことに気がついて、目の奥がじんわりと熱くなった。

こうなったら開き直ってでも、やり遂げるしかない。

「そうですね……あなたは忙しいでしょうから、私が結城家に連絡しておきましょう」

どう考えても忙しいのは設楽のほうなのだが、莉央が遠慮しているのを感じ取って、自ら連絡すると申し出てくれたのだろう。

「……はい」

半ば夢見心地で、莉央はうなずいた。

妻の涙、寝返りにキス

莉央の突然の来訪の翌日。

いつもより遅めに高嶺が出勤すると、エントランスがざわついていた。

「どうした」

「あ、社長！」

声をかけられた男性社員が、少し困ったように肩をすくめる。

「その、社長の奥様が来られたと聞いて……一目見られないかって、みんな騒いでいて……すみません」

「なんだと……？」

とっさに受付を見ると、受付嬢がジェスチャーで上を指さした。

どうやら社長室に通したらしい。

高嶺はうなずき、エレベーターに乗り込む。

（いったいなんだというんだ……離婚を考え直したとか？　だったら許してやらんこともないが……）

社長室に一歩足を踏み入れると、デスクの後方で、総ガラスの窓の外を一生懸命覗いている姿が見えた。

長い黒髪はハーフアップにし、白いコートと茶色いバッグを手に持っている。白いブラウスに水色のカーディガン、ネイビーのフレアスカートという、どちらかというと質素な、普通の女性の格好である。

(着物姿が異常に迫力があったんだな。ああやって見れば、うちの社員とそう変わらん)

「莉央」

後ろから歩み寄りながら声をかけたその瞬間、彼女はハッとしたように振り返り、眉根を寄せ睨みつける。

「気安く呼ばないでください」

「だったらなんて呼んだらいいんだ。一応、俺の妻だろ」

「もうすぐ他人に戻るのに?」

その表情からすると、どうも離婚する気はまだあるようだ。

莉央は背中にまで届く黒髪を手の甲で払い、それからその手を高嶺に差し出した。

「離婚届、もらいに来ました」

「ああ、あれな。副社長に預けてる」

「は？」

「事務的な処理は全部あいつの担当なんだ」

高嶺の言葉に、手を伸ばしたまま絶句する莉央。

「そんなことも自分でできないの？」

「……簡単なことじゃなくてね」

高嶺はゆっくり、両手をポケットに突っ込み、終始ピリピリした様子の莉央の顔を覗き込んだ。

「莉央」

「だから、気安く……」

「社員の手前、そう呼ばせてもらう。それにな、昨日といい今日といい、アポイントメントもとらずにいきなりやってくるなんて常識知らずもいいところだぞ。社員はみんな君に興味津々で、なにしに来たんだと騒いでる。離婚届出しに来たなんて知られてみろ。うちの会社の評判にも関わるし、社内の雰囲気が乱れる」

「それは……いきなり来たのは謝りますけど、仕方ないじゃない。連絡先も知らないんだもの」

「じゃあ、教えとくから今度から連絡しろ」

「は?」

ポカンとする莉央をよそに、高嶺はスマホを手に「番号は?」と尋ねる。

「えっと……自分の番号……?」

莉央は持っていたバッグからスマホを引っ張り出し、画面をじっと見つめた。

「どうした。言いたくないのか。だがこれ以上業務の邪魔をされるのは俺としても不本意なんだがな。君の希望通りにスムーズに離婚したいなら密な連絡は必要だ」

「そ、それは、わかってますっ!」

莉央は持っていたスマホを高嶺に突き出す。

「なんだ」

高嶺は意味がわからず眉を寄せた。

「……から、ないから……」

「は?」

「自分の番号、わからないから。あなたのも入れてください……」

「嘘だろ?」

「こんなことで嘘をつきません!」

莉央は真っ赤になりながらスマホを高嶺の手の中に押し付け、ぷいっと窓の外に顔を向ける。

「今時珍しいな」

「初めて持ったから……」

「マジかよ」

それでも現代人かと唖然《あぜん》とする高嶺だが、とりあえず莉央のスマホに自分の番号を登録し、発信して着信を残した。

「じゃあ、私帰ります。離婚届ができたら連絡してください。すぐに取りに来ますので」

莉央は高嶺からスマホを受け取り、バッグにしまう。

（ここでさっさと帰すのはまずいな。とりあえず次に続くなにかを……）

高嶺は居心地の悪そうな莉央を見つめ考えた。

「ちょっと待て。君は今どこにいるんだ？」

「どこって……ホテルです」

都内の外資系ホテルの名を口にする莉央に、高嶺は首をかしげる。

「ずいぶん値が張るところに泊まってるんだな」

「……そうなの？」

高嶺の言葉に、莉央はあからさまに不安そうな顔になった。

（金を出したのは新しい男か。今年の分を返してきた莉央にその余裕があるとは思えない）

高嶺はスマホでホテルの部屋代を検索して、それを莉央に見せる。

「ほら」

「……いち、じゅう、ひゃく、せん、まん……やだ！」

莉央は心底驚いたようだ。慌てたようにおろおろし始める。

「キャンセルしなきゃ」

「誰が取ったんだ」

「羽澄。昨日一緒に来ていた……」

「ふぅん」

（ということは新しい男ではないのか？　いやまだわからんな）

それからすぐにひらめいた。

「ならうちに来るか」

「……はい？」

「部屋は余ってる」

「嫌よ、なに言ってるの」

信じられないと言わんばかりに眉をひそめる莉央。だが高嶺は畳みかけるように言葉を続けた。

「少しでも節約したほうがいいんじゃないのか」

「それは、そうだけど……」

「その間俺はここに泊まる」

「ここに？」

莉央はキョロキョロと社長室を見回す。

「ここには仮眠室やミニキッチンがある。仕事が立て込んでいる時は泊まり込むからな」

「でも……」

高嶺には莉央が必死に考えている内容が、手に取るようにわかった。

（俺の世話にはなりたくないが、贅沢するのは気が引けるといったところだろうな）

「離婚するまでの辛抱《しんぼう》だろ。たいしたことじゃない。俺を利用するだけのことだ」

（利用と言って、罪悪感を減らす。むしろ俺に負担をかけるのだと肯定させる）

我ながらちょっと天宮に似てきたなと、内心苦笑しながら、高嶺は妻を見下ろす。

莉央はかなり不本意そうだったが、背に腹はかえられぬと思ったのだろう。

しばらくして、意を決したように、

「……ではお世話になります」

と、頭を下げた。


宿泊しているホテルのフロントで残りの日程のキャンセル手続きを終えると、

「終わったか」

高嶺が莉央の足元からスーツケースを引き寄せた。

「自分で運べます」

「そうか。じゃあ代わりに俺の荷物を頼む」

「あっ！」

彼は持っていたタブレットケースを莉央に押し付け、両手にスーツケースを引いて
ホテルの玄関へスタスタと歩いていく。

（本当に自分のことしか考えていない勝手な男……！）

慌てて莉央もその背中を追った。

あまりの値段に部屋をキャンセルしてしまったが、果たして彼に部屋を借りるのがいいことなのか、迷いが出てくる。

タクシーに乗り込むと、いよいよ当然のように隣にいる高嶺の存在が重くてたまらなくなった。

あれから、とりあえず仕事が終わるまではここにいろと言われ、仕方なく社長室で時間を潰した。

正直、高嶺正智の顔など一分一秒でも見ていたくない。

持ち歩いている小さなクロッキー帳に写生でもしたかったが、この男の前でなにかを描く気にはなれなかった。

写生は観察することだが、同時に自分をさらけ出す行為でもある。

傲慢でいけ好かない男だが、タカミネコミュニケーションズの繁栄ぶりを見れば、この男が優秀なのは間違いないだろう。そんな男に自分の心のひとかけらでも晒《さら》したくなかった。

（疲れた……）

タクシーに乗り込み、シートに座るとくらりとめまいがする。

昨日から体調が戻らない。もともと血圧が低いのと貧血気味なので、一度低調になるとなかなか回復しないのだ。

(早く横になりたい……)

けれど高嶺の前では弱ったところを見せたくない莉央は、ぴんと背中を伸ばして前をまっすぐに見つめ、姿勢を崩そうとはしなかった。

「着いたぞ」

タクシーがタワーマンションの前に停車した。慌ててタクシーを降りたが、目の前にズドンと建っているマンションがあまりにも大きすぎて開いた口がふさがらない。

(高い……。何階建てなの？　三十階くらい？)

莉央の生まれ育った町は建物の高さ制限があるため、こんなに高いマンションは建っていない。

(いったいどんな人が住んでいるんだろう……って、そうか。高嶺のような人が住んでるのよね……)

「莉央、行くぞ」

(だから呼び捨てにしないでって言ってるのに！)

ぼうっと空を見上げていた莉央は、声をかけられて慌ててまた高嶺の後を追った。

連れていかれた部屋は二十四階の角部屋だった。外部に面した二面がガラス窓になっていて、よく磨き上げられた床と夜景がキラキラと光っている。

使っている気配がまるでないピカピカのアイランドキッチンに、ダイニングには六人掛けのテーブルセットがひとつ。窓に面したリビング部分が最も広く、一応スツールのついたコーナーソファとローテーブルが置いてあるが、テレビはない。全体的にモデルルームのように物が少なく、あまり人が住んでいるようには見えない。

部屋の雰囲気から、高嶺はここで生活するよりも、会社に泊まり込むほうがずっと多いのかもしれないと、莉央は思った。

「2LDKで、あっちがゲスト用。毎週掃除は入ってるから気兼ねなく使えよ」

「はい」

(ああ、気分が悪い。吐きそう……)

「莉央?」

「……だか、ら……」

(莉央って呼び捨て、しないでよ……)

「莉央!」

莉央の視界は一瞬にして真っ暗になった。

ゆっくりと前のめりに倒れていく莉央を見て、高嶺は慌てて両腕を伸ばし受け止める。

「莉央！」

抱きとめた莉央の顔は蒼白だった。そのまま莉央の口元に耳を近づける。呼吸は問題なさそうだ。

（救急車……いや、確かマンションのサービスに近所の医院から医者の派遣があったな。こっちのほうが早い）

いったん莉央をソファに寝かせ、一階のマンションコンシェルジュに連絡を取ると、すぐに医者を派遣すると返答があった。

とりあえず、広いほうがいいだろうと、自分の部屋のベッドに莉央を運ぶ。

十分もしないうちに医者が看護師とともにやってきて、莉央の状態を診た後、「過労でしょう」と診断を下した。

「過労？」

「ええ。睡眠不足に栄養不足……極度のストレスでしょうか。それで体調を崩したのでしょう。点滴をしておきます。消化がよくて滋養《じよう》のあるものを食べて、ゆっくり休ませてあげてください」

「滋養のあるもの……わかりました」

医者の手前わかったと言ってしまったが、家庭的能力に欠ける高嶺の思考は止まってしまう。

なにしろ高嶺自身まったく食に興味がない。彼の体の半分はシリアルでできているレベルである。天宮には『人としてきちんとした生活を送れ』と、いつも叱られているくらいだ。

(こういう時は翔平だな。〝消化がよくて滋養のあるものってなんだ〟っと……)

医者を見送った後、天宮にメッセージだけ送って、高嶺は莉央の寝顔に目を落とした。

(今日はやけに白いなと、なんとなく思ってたんだよな……)

キングサイズのベッドの端に腰かけ、莉央を見つめる。

顔色はだいぶマシになったが、額に汗がにじんでいる。

(拭いたほうがいいな……)

立ち上がり、濡れたタオルをきつく絞って莉央の顔や首を拭く。

そうやって莉央の体を清めながら、高嶺の胸に、なんとも後味の悪いモヤモヤしたものが広がっていく。

だが今の高嶺にその感覚に名前をつけることはできなかった。

【なにがあったの。体調崩した?】

しばらくして天宮からタブレットに返事がきた。

莉央が眠るベッドの横で彼女の寝顔を眺めていた高嶺は、タブレットをタップして返事をする。

【莉央をうちに泊まらせようと連れてきたら倒れた】

【えーっ、医者は?】

【診せた。点滴打って帰った】

【で、滋養のあるものね。オッケー。そっちに必要そうなもの配達するよう手続きしておくよ】

【頼む】

【で、マサはどうするの】

【俺は会社に戻るつもりだったんだが】

【ダメでしょ。看病してあげないと】

【俺が?】

【他に誰がいるの。一応夫でしょ】

【他人の看病なんかしたことねーよ】

【他人てねぇ……病気の子猫拾ってきたと思ってちゃんと看なさいよ】

【ねこ……】

【じゃ、頑張って。仕事はそこでもできるでしょ。二、三日来なくてもいいからねー】

会話は一方的に終わってしまった。

「二、三日来なくてもいいって本気で言ってるのか、あいつ……」

確かに天宮がいればたいていのことはなんとかなるし、家で仕事ができるのも事実である。

高嶺は自身のクセのない黒髪をかき回し、大きなベッドで小さく眠る莉央を改めて見下ろす。

（病気の子猫なぁ……。確かにシャーシャー言うのは猫っぽいかもしれんが、生意気で、全然かわいくねぇし……）

天宮の言うことは時々よくわからない。

（まぁとにかく、こうなったら腹をくくるか。ここで恩を売っておけば、交渉も有利になるしな……）

現実的に損得問題に頭を切り替えることにした。

それから一時間もしないうちに、天宮が手配した宅配サービスで大量の荷物が届いた。受け取りのサインをしてリビングで中身を広げる。

りんごやイチゴ、バナナといった果物から、大量の女性ものの着替え、タオルや洗面道具まで入っていた。

「気が利きすぎて怖えな……」

着替えに関しては医者と一緒に来た看護師がやってくれたので、今は素肌に高嶺のTシャツ一枚で寝かせている。布団の中に手を入れて、莉央の背中に触れてみると、しっとりと濡れていた。

「着替えは……これでいいか」

荷物の中から、前開きのロングワンピースの形をした寝間着を引っ張り出し、濡れタオルで体を拭いて、Tシャツを脱がせ、急いで寝間着を着せる。

裸をばっちり見てしまった。すらりとして綺麗な体だったが、あまりにも莉央がグッタリしているので興奮するタイミングを失った。

(そういえば最近いつセックスしたっけか……)

脳裏をモデルやタレントの卵が通り過ぎていったが、すぐにどうでもよくなった。

高嶺にとってセックスはただの生理現象の処理でしかない。病人相手ではさすがにその気にならないし、まず莉央に引っかかれるのがオチだろう。

(なんせまったく懐かない猫だしな)

莉央の寝間着のボタンをすべて留めた後、リビングへと向かう。

「なんだ、案外簡単じゃないか」

(莉央が目を覚ましたら、せいぜい大変だったと恩を売ってやろう)

高嶺はクスッと笑い、台所でインスタントコーヒーを淹れる。それからリビングのソファでノートパソコンを立ち上げ、膝にのせた。

静かな夜である。高嶺の長い指がキーボードの上を踊るように動く、その音だけが部屋の中に響いている。

肩のあたりに強張《こわば》りを感じて、手を止め首を回していると、どこからかすすり泣くような声が聞こえた。

「ん……?」

最高級のタワーマンションである。防音に関してはかなりの精度があるはずだ。

いったいどこからだと周囲を見回して、ふと自分の部屋に莉央がいることを思い出した。

「まさかあいつが?」

パソコンをテーブルの上に置いて部屋に向かうと、そのまさかだ。

莉央が身を丸くして、シクシクと泣いていた。

「おい莉央。どうした。医者を呼ぶか」

よっぽど具合が悪いのかとベッドに近づき顔を覗き込むと、ハッと顔を上げた莉央は、子供のように目を赤くして高嶺を睨みつけている。

「なんだよ」

こんな目で見られるとは思わなかった高嶺は、かすかに戸惑いながら問いかける。

すると地の底から響くような声で、莉央は唇をわななかせた。

「……てい」

「は?」

「最低っ! 最低っ!」

「おわっ‼」

そして莉央は、枕をつかんで高嶺の顔を力任せに殴りつけてきた。

何度も。何度も……。

（やってしまった……。穴があったら、入りたい……）

莉央はベッドの上で正座して、自分の目の前に仁王立ちしている高嶺のベルトのあたりを凝視していた。

「で、お前は、俺が意識のないお前に手を出したと本気で思ったのか」

高嶺の〝お前〟という言葉にどきりとする。確か彼は一応〝君〟と呼んでくれていたはずだが、それほど怒りが大きいということなのだろう。

お前と呼ぶなと言い返したいが、とても今の状況では言えなかった。

「……だって……脱がされてた、から……」

「着替えさせただけだ」

「……はい」

「お前のために医者を呼んで、看病までした俺を強姦魔あつかいかよ」

「……ごめんなさい……」

「は？　聞こえないな」

頭上から聞こえる高嶺の声は低く、よく通る美声なだけに恐ろしい。

意識を失って、それから目を覚ました時、見慣れぬ部屋とベッド、そして、素肌に寝間着という格好で、莉央はパニックになった。そして実に短絡的な思考回路だが、高嶺に乱暴されたと勘違いしたのだ。

「本当に、失礼なことを言ってごめんなさい……」

心底反省した莉央は、深々と頭を下げる。

よくよく見れば清潔な寝間着を着ているし、枕元には水さしと洗ったイチゴのパックが置いてある。高嶺はいけ好かない自分勝手な男だが、状況からして、倒れた自分を看病してくれたのは事実だ。

(失敗した……)

死ぬほど恥ずかしくてたまらない。

莉央は深々と頭を下げた。

「ごめんなさい……」

頭を下げると、またクラクラとめまいがした。だがここで倒れるのは絶対に嫌だった。

莉央はぎゅっと唇を噛みしめて、それを耐える。

「……はぁ……まぁいい」

頭上の高嶺はため息をつく。

許してくれたのかと顔を上げると、高嶺は体の前で腕を組んだまま、莉央を見下ろしていた。

「詫びの気持ちがあるなら、キスしろよ」

「……は？」

「キス。そのくらいのご褒美くれたっていいだろ？」

高嶺は実に魅力的な、悪魔的な微笑みを浮かべて切れ長の目を細める。

まるで莉央への最高の仕返しを思いついたと言わんばかりだ。

だが莉央は彼の意図がまったくわからない。

「い、嫌よ！」

「お前に拒否権はない」

「あるわよ、そりゃ私が悪かったけど、そんな、キスとか、違うでしょ！」

キスなんか、生まれて一度もしたことがない。おそらくこれからもする予定はないが、なにが悲しくてこの世で一番したくない相手である夫とキスをしなくてはいけないのか。

真っ赤になったり、真っ青になったり、息が苦しくなる。天と地がグルグルし始める。このままでは倒れてしまうと思ったが、止められない。

「ってお前、また……」

慌てるように高嶺が手を伸ばしてくるのが見えたが、自分の意思ではそれを拒むこともできない。

(やだもう……)

自分が情けなくて、悔しくて涙が溢れた。

(私は、唯一私が持っているはずの体ですら思い通りにできないの……?)

「おい、莉央大丈夫か。やっぱり医者を呼ぶか?」

それまで悪魔のような微笑を浮かべていた高嶺だが、莉央がまた意識を失いそうになったのに気づいて、それどころではなくなったようだ。

莉央の体を支える手は力強い。そっと彼女の体を壊れ物のようにベッドに横たえた。

「いい……」

ほんの少し、かすかに首を横に振ると、高嶺がまた「はぁ……」とため息をついた。

「ムカついたからってからかいすぎた。お前一応病人だからな。安静にしろ。ほら、水飲め。せめて泣いた分飲め」

そして高嶺は、莉央の口元に水さしを運び、唇の中に差し込む。

(泣いた分飲めって……勘違いとはいえ、泣いたのはこの人のせいなのに……)

けれど心身ともに疲れきった莉央は反論する気にもなれなかった。

言われた通り水を少し飲んで、ぼうっと高嶺を見上げた。

(それでもやっぱり……この場合私が悪い)

なんとか声を振り絞る。

「からかったなんてひどいけど……私も悪かったから……」

「ふん……じゃあお互い様か?」

なぜだろう。皮肉っぽい口調であるけれど、自分を見つめる高嶺の目は少し優しい気がした。

(どうしてそんな目をするの……)

莉央は思わず、高嶺をじっと見つめていた。いつもの写生をする時と同じように、よく見て、その目で、感覚で、心で、高嶺に触れた。

背が高く、体つきも立派だから圧倒されてしまうのだが、よくよく見れば、彼の黒い瞳はまるで日本画で莉央がよく使う黒、青墨《せいぼく》のようなのだ。

(黒に少し青みがかって、キラキラしてる……。ああ、なんて綺麗……。意地も悪いし、全然紳士じゃない、私の人生を滅茶苦茶にした男なのに……なんでこんなに綺麗な目をしているんだろう)

莉央は不思議に思いながら……これは自分が弱っているからだと考え直し、目を閉じる。

（この男は私の敵……）

「少し、休みます……」

「えっ？　あ、ああ……」

なぜか高嶺が動揺して声を震わせたような気がしたのだが、莉央はそのまま深い眠りに落ちていった。

莉央はその時、忘れていたのだ。

観察する目で対象を見ることは、同時に自分をさらけ出すことだと。

恐ろしく、悪魔的に勘の鋭い高嶺が、そんな莉央の目を見て、なにも感じないはずはないのだと……。


時計の針は午前五時を回っていた。

高嶺は一睡もしないまま、リビングのソファで膝にノートパソコンを置いて窓の外を眺めていたが、思い立ったように立ち上がり、そのままベッドルームへと向かった。

「莉央」

ドアを開け、ベッドに向けて声をかけたが返事はなかった。

ベッドに腰を下ろして顔を覗き込むと同時に、反対側を向いていた莉央が寝返りを打ち、高嶺がベッドについた腕にコツンと頭をぶつけた。

まっすぐで長い黒髪が、サラサラと白い頬にこぼれ落ちる。手を伸ばし、その髪を肩へと落とす。

そして高嶺はそのまま吸い寄せられるように身を屈め、莉央の涙が残るまぶたに口づけていた。

顔を離し、また莉央をじっと見つめる。

キスをしても起きる気配はない。彼女は静かに眠っている。

ホッとする気持ちと同時に、怪しく胸の奥でなにかがうごめく。

「莉央……」

そっと名前をささやいて、それから頭の下に手を差し入れる。

よっぽど疲れているのだろう、莉央は目を覚ます気配はない。

(なにやってるんだ、俺は……)

なぜこんなことをするのか、自分でもよくわからない。でもやめられない。

頬を傾け、莉央の唇に自分の唇を重ねた。

その瞬間、また胸の奥に熱いなにかが生まれ、高嶺を突き動かす。このまま華奢な莉央の体を、思い切り、強く抱きしめてしまいたい衝動にかられる。

そこまですれば、さすがに莉央も目を覚ますだろう。莉央の盛大な勘違いは勘違いではなくなってしまうということだ。

(本当に寝込みを襲うとは思わなかった。こいつのことを笑えんな)

高嶺は毛布を引っ張り上げて莉央の肩を覆い、なにごともなかったかのようにその場を取り繕った。

(おそらくこれは気の迷いだが、看病の駄賃ということにしておこう。だがあんな目で見られたら、たいていの男は勘違いする。俺でなくても……)

熱っぽく、心のすべてをさらけ出す、潤んだ瞳。人はあんなふうに己をさらけ出すものではない。あれは他人に弱点を教えるのと同じだ。

己の理性と知性をなによりも信じている高嶺は、あの目にはある意味ショックを受けていた。

そっとベッドルームを出て、またソファに腰を下ろす。

白い月の代わりにもうすぐ朝日が昇ろうとしていた。


「熱は?」

「下がりました。三十五度八分です」

高熱が出たのは倒れた時だけだったようだ。点滴を打ってもらってよく眠ったせいか、昨日の気分の悪さはない。体もずいぶん楽になっている。

ベッドの上の莉央は、上半身を起こして体温計を見つめた。

「は？　低すぎるだろ。壊れてないかそれ」

だが、ベッドルームの入り口に腕を組んで立っていた高嶺は、怪訝そうな顔をして莉央に近づき、体温計をひったくるようにして数字を凝視する。

「壊れてませんよ。私、体温低いんです」

「これが平熱なのか」

「はい」

「信じられんな」

高嶺は体温計をサイドボードの上に置くと、両手を伸ばし莉央の肩をつかみ、引き寄せた。

「きゃあっ！」

（なになに、なんなの⁉）

凍りつく莉央であるが、高嶺はお構いなしに莉央の額に自分の額を押し当てる。

（もしかして……熱を測られている……？）

息が触れ合うほどすぐ目の前に、高嶺の整った顔がある。彼の青墨の瞳は真剣だった。

いつもの莉央なら高嶺にこれほどの接近は許さないだろう。だが昨日のひどい勘違いが莉央の感情にブレーキをかけた。

（ここでまた無礼だと突き飛ばしたりしたら、自意識過剰だと思われてしまうかもしれない……。これは医療行為の一環……医療行為の一環……）

自分に言い聞かせてなんとかやり過ごした。

「壊れてないようだな」

肩をつかんだまま高嶺がささやく。

「だから、そう言ってるじゃないですか……！」

声を押し殺して叫ぶが、

「ふぅん……」

高嶺は納得したようなしていないようなそんな口調で、ようやく莉央から手を離した。

「そ、それよりも、離婚届はまだですか……？」

熱は下がったはずなのに、つかまれた肩が熱い。

莉央は自分を抱きしめるようにして身を小さくし、問いかける。

「連絡はないな。もう少し待てよ。いきなりやってきたのはお前だろ？　こっちにも準備が必要だ」

「……はい」

「それに、熱が下がったとはいえまだ本調子じゃない。医者は過労だと言っていた。調子に乗ったらまた倒れるぞ」

高嶺の言葉は至極真っ当で、莉央を黙らせるほどの威力があった。

彼の言う通り、ベッドから出て外出すればまた倒れそうな予感を自分でも感じていた。

「まず体を治せ。そのことだけ考えろ」

高嶺は離婚届などどうでもいいと言わんばかりに体調のことだけ口にし、ベッドルームを出ていってしまった。

「はぁ……なんなのよ、あの人……」

なにひとつ自分の思い通りにならなかった莉央は、ため息をつきながら膝を引き寄せ、両腕で抱え込む。

（あの人はこんなすごいマンションに住んで、あんな立派な会社を持っている。だから離婚なんてすぐ成立すると思ってた……）

正直言って、かつて名門だった結城家はもう見る影もない。高嶺が結城の名をどう使ったのかなど、莉央には考えもつかないが、今でも執着するような価値はないはずだ。

「早く別れて……早く自由にして……」

（ここは私の居場所じゃない。早くひとりにして。私に画を描かせてよ……！）

その思いだけが今の莉央を支える力だが、この体ではどうにもできないのも事実。

今は一刻も早く元気になるしかない。

そう自分に言い聞かせた。

叶わない願い、すれ違う思い

結局、体調が完全に戻ったと確信できたのは、翌々日のことだった。

朝、高嶺が起きる前にシャワーを浴び、身支度を整えた莉央は、ゲストルームから高嶺が起きてくると、

「ここを出ていきます」

と、開口一番に告げた。

「今、なんて言った？」

寝癖で乱れた黒髪から鋭い眼差しが覗く。

一瞬気圧された莉央だが、怯む意味がわからないと自分を奮い立たせる。

「出ていきます。新しい部屋を借りるんです」

「は？」

なんのことだと、高嶺が目を丸くした。

「どうして部屋を借りるんだ」

当然、莉央が自立したいと考えていることを高嶺は知らない。

「東京で暮らすためです」

画家になるとはさすがに言うつもりはなかったが、莉央は胸を張って堂々と告げた。

「もう部屋は決まってるのか」

「いえ、これから探します」

「なんだ……」

それまで恐ろしく不機嫌そうに莉央の話を聞いていた高嶺は、その言葉を聞いてくすりと笑う。そしてそのままキッチンへ向かい、冷蔵庫から洗ったイチゴを取り出し、ひとつ口の中に放り込んだ。

「どうして笑うの？」

（なんだかいまいち相手にされてない気がするのはどうしてだろう……）

莉央の胸にモヤモヤしたものが広がる。

「いや、時間がかかりそうだと思ってな」

ほとんど使われていないアイランドキッチンにもたれ、高嶺はまた薄く笑った。

青墨色の瞳は好奇心でキラキラと輝いている。その光から、莉央に引っ越しなどできやしないと思っているのがヒシヒシと伝わってきた。

（なんなの、あの目！　やっぱり馬鹿にしてるわ！）

「おあいにく様。もう、ちゃんと候補は決めてきていますから。どれもちゃんとしたところだし、どこに決まってもいいんだから、すぐにここを出ていきます」

バッグの中にはいくつかの物件をパソコンで検索し、プリントアウトしたものが入っている。操作はもちろん羽澄がやったが、隣であれこれと指示を出したのは莉央だ。莉央としてはこのうちのどこかに決まればよいのだ。まったくもって難しい話ではない。

「じゃあ俺もその部屋選びに付き合ってやる」

「は？」

「女ひとりで行くよりいいだろう。まぁ、俺は一切口出ししないから、道案内だと思えばいい」

「道案内……」

生まれて初めての東京である。確かに道案内がいてくれたほうが助かる。だが高嶺とふたりで出かけるというのは気が引ける。

「どうした。余裕なんじゃなかったか？　急に怖くなったのか」

「なっ……あなたって人はいちいちそうやって……」

莉央の頭に血が上る。

挑発して、相手のペースを崩す。これが高嶺の手だとだんだんわかりかけていたはずなのに、負けず嫌いの莉央はすっくと立ち上がり、高嶺に向かって胸を張った。

「いいわ、道案内させてあげます」

「オッケー、莉央。じゃあ用意するからそこでいい子で待ってろよ」

高嶺はにこりと笑って、機嫌よくバスルームへと向かう。

「なによ、いい子って。子供扱いしないで！」

その背中に憤ったが、高嶺はどこ吹く風であった。

クローゼットルームから出てきた高嶺は、オフホワイトのタートルネックに、カーキ色のパンツ、それにネイビーカラーの細身のダウンジャケットを羽織っていた。かなり見栄えのする男ではあるのだが、IT長者で有名な、あのタカミネコミュニケーションズのCEOには見えない。俳優かモデルのようだ。

「そういえばあなたってスーツ着ないのね」

「正智」

「は？」

「あなたじゃなくて、正智」

どうやら名前で呼べと言いたいらしい。

「やめてよ、せめて呼ぶなら高嶺さんでしょう」

「莉央だって一応は高嶺だ。まぁ、旧姓を通してるみたいだがな」

「好きにしていいと聞いていたわ」

「まぁな」

高嶺はくすりと笑い、

「で、正智って呼べよ」

と、腕時計をはめながらスタスタと玄関へと歩いていく。

「待ってよ！」

（どうしてこの男はいつも勝手に歩き始めて人を待たないの？）

莉央は慌ててバッグをつかみ、彼の背中を追いかける。

平日のラッシュを過ぎた昼前で、電車は想像よりずっと空いていた。ドア付近にもたれて立つ高嶺から、付かず離れずの距離で莉央も立つ。

改札を出てからは先を歩く高嶺の後を少し離れてついて歩き、その間、会話はひと言もなかった。

最初に向かった不動産屋は大手で、駅前の目立つところにあった。

（道案内なんて必要なかったみたい）

ホッとする莉央だが、高嶺は特に気にした様子もなく、外に向けて張り出している広告を興味深そうに眺めていた。

「じゃあ行ってきますから」

「お手並み拝見」

高嶺はいつもの彼らしい、どこか皮肉っぽく見える微笑を浮かべ、莉央を見送る。

（もしかしたらここで決まってしまうかもしれないのに、どうしてあんな態度をとるんだろう。変な人）

莉央は高嶺の視線を感じながらも、意気揚々と不動産屋へ足を踏み入れた。

それから十五分ほどして、肩を落とした莉央がトボトボと不動産屋から出てくる。

結果は高嶺が尋ねるまでもなかった。

「……もう部屋はなかったわ。決まってたんですって。考えてみればそうよね。これ、見つけたのは一週間も前だし。でも次は今から電話をして、あるかどうか確認するから大丈夫よ」

莉央は早口でそう言うと、バッグからスマホを取り出し、紙を見ながら丁寧に内見できるかと問い合わせを始めた。

「案内可能ですって。じゃあ次はここにします」

ホッとした表情の莉央に、高嶺は黙ってうなずき、また次の不動産屋へと向かった。

だが莉央は再び、暗い顔をして地元密着をうたう不動産屋から出てくる。

「なんだって？」

「案内の予約が先に入ってしまったんですって。引っ越しシーズンだし……いい物件はどうしても競争率が高くなるって。他の物件もたくさん勧めてくださったけど高すぎて……」

今度は明らかにガッカリして萎《しお》れている。

それもそうだろう。二軒続けて部屋を見ることすら叶《かな》わないのだ。

だが高嶺にはこうなることが最初からわかっていた。

（そろそろ潮時か……）

「莉央、あのな……」

「じゃあ次はこの部屋にするわ。駅ひとつしか離れてないから、先を越されることはないと思う」

莉央は気持ちを切り替えたのか、また真剣な眼差しで次の紙をゴソゴソと調べ始めたので、高嶺は慌てて紙を莉央から取り上げた。

「あっ、なにするのよ！　返して！」

高嶺の手から奪い返そうと莉央が手を伸ばしてくる。

「これはもう使えない」

「どうして⁉　あなた不動産屋さんじゃないでしょ、どうしてそんなことわかるのよ！」

「わかる。じゃあ見てろよ」

高嶺は手を挙げてタクシーを止めると、莉央を押し込み自分も乗り込む。そして次に行こうとしていた不動産屋の住所を告げた。

「わざわざタクシーで行くの？」

「十分もかからないだろ」

それからタブレットを出すと、莉央の目にも留まらぬ速さでなにかを打ち込んだ。

「なにしてるの？」

「この物件の内見申し込み」

すると今度は高嶺のスマホに着信が入る。

「不動産屋からだ」

「えっ、もう⁉」

高嶺はそっと人差し指を自分の唇に押し当て、莉央に黙っているように告げた。

「はい。結城です。ホームページを見ました。内見できますか。できる？　だったら現地集合がいいんですが……それは無理？　わかりました。では明日にでも一度そちらに向かいます」

電話を切ると同時に、タクシーが不動産屋の前に着く。手早くカードで支払いを済ませ、高嶺はその足で不動産屋へと入っていく。

「ちょっ、ちょっと待って！　明日ってなに⁉　どういうことなの？」

莉央は慌てて高嶺について不動産屋へと足を踏み入れた。莉央も名前をよく知っている大手不動産会社だ。

「いらっしゃいませ」

莉央とそう変わらない年のスーツ姿の青年が愛想よく立ち上がる。

「ご夫婦のお部屋探しですか？　ちょうどいい物件がございますよ」

だが高嶺は青年を見下ろしながらぴしゃりと言い放った。

「先ほど電話をした結城だが」

「えっ⁉」

「明日にでもと言ったが急に予定が空いた。早いほうがいいだろう。今から頼む」

「えっと、あの……こちらで少しお待ちいただけますか？」

愛想笑いを凍りつかせた青年は、高嶺と莉央を並んでカウンターの席に座らせる。そして慌てたように店の奥へと入っていった。

だが五分としないうちに申し訳なさそうに戻ってきた。

「申し訳ありません、お客様。ただ今他のお客様が内見中でございまして……」

「では現地で待つとしようか。たかがワンルームだ。すぐ終わるだろ」

資料を持って立ち上がる高嶺に、青年は大きなバインダーを広げながら、カウンターの中から飛び出してくる。

「いやいやお客様、よろしければ他にもいい物件ありますから、よかったらそちらを見ていきませんか？」

「……やめておこう。当然だが明日もキャンセルだ。莉央、行くぞ」

高嶺はため息をついた後、呆然としている莉央の肩を抱いて不動産屋を後にした。

下町風情溢れる商店街の一角にある喫茶店で、莉央はミルクティから立ち上る湯気を見つめていた。

「どういうことなの……？」

莉央からしたら、なにがなんだかさっぱりわからない。

「ああいうのはおとり物件と言って、広告なんだ」

「広告……？」

「インターネットによさそうな物件情報を載せて、客を呼ぶ。当然その物件はないが、代わりにこんな物件がありますよと、違うものを紹介する」

「え……」

「インターネットで手軽に調べられるようになってから、おとり物件はしょっちゅう業界の問題になってる。もちろん真面目にやってるところだってたくさんあるんだがな……まぁとにかく、故郷を離れてまったく知らない土地で住む場所を探すなら、簡単に見つかると思わないほうがいい」

高嶺は熱いブレンドコーヒーを口元に運びながら、莉央に説明する。

「……っ……」

息を詰めるような音が聞こえる。

顔を上げると、ずっとストールに顎《あご》を埋めてうつむいていた莉央が、泣いていた。

ショックを受けたのか、顔は蒼白で、その真っ白な頬を、真珠のような丸い涙がポロポロとこぼれ落ちていく。

「……こうなるのが、わかってたのね……だから、ついてきたんだ……笑ってやろうと……」

「あ、いや……」

高嶺としては、シャーシャーキャンキャンと子猫か子犬のように莉央が騒ぐのを見てからかってやろうと思っただけなのだが、まさか泣くほどショックを受けるとは思わず絶句してしまった。

「さぞおかしいでしょうね……っ。私が常識知らずで……」

グスッと鼻をすすりながら、莉央はぎゅっと眉根を寄せ、顔を上げた。

「そうやって、あなたは私を人扱いしない……上から見て、馬鹿だって笑ってる……この十年、ずっと……」

莉央の大きな目は怒りに満ちていた。涙をポロポロこぼしながら、それでも高嶺を正面から見据えていた。

「あなたなんか大嫌い……本当に、大嫌いっ……！」

莉央の押し殺したような悲痛な叫びは、まっすぐに高嶺の胸を貫いた。

莉央は溢れる涙を拭うこともせず、財布から千円札を抜いてテーブルの上に置く。そして高嶺が声を発する暇も与えず、椅子から立ち上がると、喫茶店から出ていってしまった。

残された高嶺は、コーヒーカップを持ったまま身動きひとつとることができなかった。もうここに莉央はいないというのに、くるくると変わる莉央の表情が浮かんでは消える。

そしてコーヒーが完全に冷めるほどの時間が経ち、ようやく自分が、莉央に『大嫌い』と泣かれて、ひどくショックを受けていることに気づいた。

「莉央……」

他人の気持ちなどどうでもいいと思っている自分が、なぜか傷ついていることも、高嶺をひどく戸惑わせた。

（どうしたらいいんだ。この場合、なにをしたら正解なんだ？）

激しい混乱の中、高嶺はスマホを取り出し、天宮にメッセージを打ちかけたが、今の莉央とのやり取りをどうしても話す気にはなれず、またポケットにしまった。

高嶺を非難する、莉央の心をさらけ出すような熱い目を思い出す。

それだけで身がよじれ、息が止まりそうになる。

（あの目をずっと見ていたい。他の誰でもない、俺だけに見せてほしい……）

そうして思い通りにならない自分の心に向き合って、ようやく高嶺は気づいたのだ。

（俺は莉央が……欲しいんだ……）

自分はあの目に、莉央のすべてをさらけ出す強い目に、もう後戻りできないレベルで囚《とら》われてしまったのだということに。


（大嫌いって、子供じゃあるまいし……。そもそも高嶺は、私に嫌われたってだからなに？って思うに決まっているし……）

喫茶店を飛び出した莉央は、ストールで目から下をグルグルに巻いて泣き顔を隠し、あてもなくふらふらと歩いていたのだが、日が落ち寒さに負けて、結局マンションの前に戻ってきていた。

二十四階の高嶺の部屋はあまりにも遠すぎて、明かりがついているかどうかもわからない。一階のフロントにいるコンシェルジュに、高嶺が帰ってきているか聞けばいいのだが、その勇気が出てこない。

結局、マンションのすぐそばの生垣に腰を下ろして、ただひたすら自分の靴のつま先を眺めていた。

（私は子供の頃からまったく成長していない、本当に世間知らず……。誰でも知っているような当たり前のことを知らなくて、それなのに自立するんだと気持ちばかり先走って……。失敗したからって目の前にいる人に当たり散らして……恥ずかしい）

脳裏に蘇るのは、コーヒーカップを持ったまま、ぽかんとしていた高嶺の顔だ。思い出しただけで恥ずかしさのあまり消えてなくなりたくなる。

彼の目に幼い自分はどんなふうに映ったのだろうか。

いや、考えるまでもなく、きっとどうしようもなく愚《おろ》かに見えたに違いない。

（大人になりたい……。卑屈《ひくつ》な自分を見たくない。でもどうしたらいいのかわからない）

じんわりと浮かぶ涙を手の甲で拭う。

（これからどうしよう……）

莉央が途方に暮れていた時、

「……り、おっ……」

突然、どこからか名前を呼ばれたような気がした。

顔を上げ、なんとなく周囲を見回すと、駅のある方向から男が全速力で走ってくる姿が見える。街灯に照らし出された人影が徐々にあらわになって、莉央は飛び上がらまぎれもなく高嶺だった。高嶺が莉央の名前を呼んでいる。

なぜだろう。

「莉央！」

（あれは……高嶺⁉）

んばかりに驚いた。

「あ、あのっ……」

莉央の思考がグルグルと回り始める。なにを言っていいかわからない。

とりあえずその場から立ち上がろうと腰を浮かせると、あっという間に駆け寄ってきた高嶺に、莉央は抱きすくめられていた。

「よかった……っ！」

背が高い高嶺の腕の中にすっぽりと収まった莉央は、驚きで硬直する。

（よかったってなにが⁉）

「いなくなったかと思った……帰ったのかと」

（もしかして心配してる……？）

心底心配したと言わんばかりの高嶺の声に、莉央は耳を疑ったが、高嶺がなにを考えているのかなどまったくわからなかった。

「帰るところは、ありません……」

そう答えるのが精一杯だった。

もう京都には帰らない。それだけは確かだ。

ひとりで生きるために頑張る。たとえうまくいかなくても、失敗ばかりでも、それがいずれ送り出してくれた人への答えになるはずだと莉央は考えていた。

「……莉央、そのことだが話がある」

耳元で高嶺がささやいた。

「え？」

背中に回った高嶺の腕の力が緩み、離される。そして彼は改まった様子で莉央を見下ろした。

「莉央が落ち着くまで、俺と同居しないか？」

いつまでも外にいて体調を崩してはいけないということで、高嶺と莉央はマンションの部屋に戻った。

莉央は温めたミルクのマグカップを持ち、テーブルを挟んで高嶺とリビングのソファで向き合う。

「部屋を探すにしても、仕事を探すにしても、とにかく拠点となる場所は必要だろう。だから完全に落ち着くまで、ここに住めばいい」

「そんな簡単に住めばいいって……でも、同居？」

「部屋はある」

「それはわかってますけど、でも……」

素直に『ではお願いします』とはとても受け入れがたい莉央に、高嶺は言葉を重ねていく。

「ただのルームシェアだ。最近じゃそう珍しくない。それに俺は一応戸籍上は夫だろ。例えば莉央が部屋を借りるにしても、保証人になれるし、社会的信用はそれなりにある」

そう言われれば、確かに高嶺の申し出はとてもありがたい話だ。部屋探しの難しさは今日十分思い知ったし、部屋が決まるまでホテル暮らしという贅沢は言語道断である。

だが戸籍上は夫とはいえ、高嶺は赤の他人で、どうしても好きになれない男だ。一緒に住むとなると、それはそれで大変なストレスを抱え込むに違いない。

（そんなことになったら、筆が荒れる。いい画が描けなくなるかもしれない……。そ

れだけは絶対に困る)

まだ悩む莉央に、高嶺が少し声を落としてささやいた。

「俺は仕事で夜も遅いから……俺と顔を合わせることもほとんどない」

「……本当?」

ホッとして顔を上げると、どこか物悲しげな光を宿した高嶺と目が合った。

(あれ?)

莉央はどこか違和感を覚えたが、高嶺はすぐにいつものように皮肉っぽい表情をして、足を組む。

「そうだな……借りを作るようで気が進まないというなら、交換条件を出そうか」

「交換条件?」

無理難題を言われるのかと身構えると、高嶺はクスッと笑って足を組み直した。

「実は会社の人間に、人間らしい生活をしろ、ちゃんとしたメシを食えと再三言われてる」

「それって、私に料理をしろってこと?」

料理は苦手ではないが、いわゆるセレブ層のこの男の口に合うものが作れるのだろうか。

（とても、口が肥えてそうだけど……）

「適当でいい。なにしろ今は朝も昼もシリアルだからな。それよりマシだったらなんでもいい」

「ええっ、朝も昼もシリアルッ⁉」

それまで割とおとなしく話を聞いていた莉央だが、朝も昼もシリアルと聞いて思わず叫んでしまった。

そういえば自分がここに来て三日の間、高嶺が食事らしい食事をしているのを見たことがなかった。莉央に与えるついでにフルーツを口にしたり、ボウルに入ったシリアルと牛乳を抱えているのを見ただけである。

（それにしたってひどすぎない……？）

嫌な予感がしながらも、莉央は尋ねる。

「ちなみに夜はどうしてるの？」

「デリバリーか外食か……たまに翔平がゆで卵をくれるからそれを食べる」

「ゆで卵……」

「ああ、あとプロテインとか？」

「それは食事にカウントしないと思う」

「そうか。最近のはいろんな味があって飲みやすいんだが。ジュースみたいで」

「ジュース……」

唖然とする莉央であるが、高嶺は本当にどうでもよさそうで、そんな自分の生活に悩んでいるそぶりは見えなかった。

今はまだ若さでなんとかなっているかもしれないが、こんな不健康な生活を続けていたら、あと十年もすれば途端にガタがくるのではないか。

それに彼は、タカミネコミュニケーションズのCEOである。責任ある立場の者がこれでは、周囲がやきもきするのも当然だろう。

（これはある意味人助けかもしれない……。そう、人助けよ。高嶺の健康を維持することで、社員のみなさんが安心して働けるわけだし……）

腹をくくり、莉央はしっかりとうなずいた。

「わかりました。その交換条件受け入れます」

「……そうか」

高嶺は切れ長の目を細めてニヤリと笑うと、

「じゃあよろしくな、莉央」

ソファから立ち上がり、そのまま莉央の頭をポンポンと叩く。

いきなりのことに驚いて、つい叩かれるがままになってしまったが、自分を見つめる高嶺の目がどうもキラキラと楽しそうに輝いているのに気づいて頬が染まる。

「だから、今後はそういう子供扱いもしないでください！」

「子供扱いなんかしてない」

「じゃあなんだって思ってるのっ！」

すると高嶺は困ったように肩をすくめ、

「ひとりの女として見てる」

と言い、莉央を固まらせた。

（お、女として見てる……？）

一瞬焦ったが、すぐにそんなはずないと思い直した。高嶺は自分をからかっておもしろがっているだけなのだ。

「またそんな、からかって……！」

「からかってなんかないさ。あ、冷蔵庫にはなにも入ってないから食事は明日の夜からでいい。現金はそのテーブルの下の封筒に入ってる。それを使ってくれ。合鍵もある。莉央の分だ。で、部屋は悪いが、莉央がゲストルームだ。電源の数が違うんだ」

高嶺は言いたいことを言うと、仕事をするらしくパソコン片手に部屋に入ってしまった。

（電源の数が違うって、それって大事なことなの？　よくわからないけど……）

ひとり残された莉央は首をひねりながら、ローテーブルの下の引き出しを引く。

彼の言う通り、キーと分厚い封筒がそのまま入っていた。まさかと思いながら封筒の中を見ると札束だ。

「お金……このまま置いてるの？」

防犯もへったくれもない高嶺の感性を莉央は心底疑った。

「なんなの、これ……私のことを常識知らずだって言うけど、高嶺だってよっぽど常識ないじゃない。そうよ……食事だってシリアルだし……変な人……ふふっ」

莉央はくすりと笑って、中から紙幣を五枚ほど取り、手帳に挟む。

とりあえず高嶺の会社の人たちのためにも、まっとうな食事が必要だ。

莉央はふと顔を上げて、二面の窓の外を見つめた。

（東京……なんて大きな街なんだろう。なんだかおかしなことになってしまったけど、ここで私は生きていける？　いや、生きていくんだ。形ばかりとはいえ夫と……設楽先生が私にチャンスをくれたんだもの。怖じけず精一杯頑張ってみよう……）

同居生活は波乱の幕開け

翌朝、莉央がアイランドキッチンのカウンターにサラダ、ハムエッグを並べていると、怪訝そうな顔をした高嶺がベッドルームから姿を現した。

「いい匂いがする……」

「おはようございます」

「ああ、おはよう……」

高嶺の目が、莉央を捉えてから、ほかほかと湯気を立てる朝食に向かう。

「それ、どっから来たんだ……？」

「どっからって……作ったに決まってるじゃないですか。食べますか？」

莉央としては高嶺がいらないと言えば自分で食べるつもりだったのだが、

「……ああ」

予想に反して高嶺はうなずいた。

「シャワー浴びてくる」

そして、信じられないものを見たというような顔のままバスルームへと向かい、しばらくするとタオルでゴシゴシと頭を拭きながら戻ってきた。

「コーヒーよりもミルクのほうがいいですよ……ねって、ちゃんと服着てくださいっ！」

グラスにミルクを注いでいた莉央は、裸にバスローブを引っかけただけにしか見えない高嶺を見て、慌てて目を逸らす。

美しい体だった。体質なのだろう。食事はめちゃくちゃのくせに、筋肉質で引き締まったしなやかな体つきは奇跡としか言いようがない。

（あのしなやかな首から肩。腕……なんて綺麗……って、なに考えてるの！）

一瞬、彼を描いてみたい衝動に駆られた自分に腹を立てながら、高嶺を睨みつけた。

「食べたら着替える」

まるで言うことを聞く気配はない。

（本当に勝手なんだから……っ！）

仕方なく、キッチンカウンターの椅子に座った高嶺の目の前に半分に切った厚切りトーストを置くと、彼はサッとトーストを手に取り、パクリとかぶりついた。

「あっ！」

「なんだよ」

高嶺が怪訝そうに顔を上げる。

「いただきますは？」

「は？」

「いただきますでしょ！　羽澄の家の小松《こまつ》さんだってちゃんと待ってから食べますよ!?」

「誰だよ小松さんって」

「チワワです。とても賢いんです」

「……そうか」

チワワ以下と言われた高嶺は、渋い表情のままトーストを口の中に押し込む。

(なんだかちょっとおもしろいかも……。あんなオオカミみたいな風貌で、無心でパクパクしてるの……)

怒ってはみたが、高嶺の反応がいちいちおもしろく、莉央はついキッチンの中から正面に座った彼をチラチラと見てしまう。

「これ、莉央が作ったのか」

「朝、散歩をしていたらパン屋さんを発見して。で、その向こうにコンビニがあって。野菜とか卵とか買えたので」

「うちにトースターなんかあったか？」

「フライパンで焼けるんですよ、食パン」

「へぇ……」

なんでも知っている高嶺が、パンがフライパンで焼けることを知らないとは不思議だった。

それから莉央は、おろしたての厚手のハンカチに包んだものを、無心でサラダを口に運ぶ高嶺の前に置いた。

「なんだ」

「お弁当です。いつでもつまめるようにサンドイッチです。いらないなら持っていかなくてもいいですよ」

お弁当と聞いて、高嶺は切れ長の目を何度かパチパチさせた。

よっぽど驚いたらしい、言葉に詰まっている。

「え、ああ、いや……助かる。昼はシリアルのつもりだったしな」

（やっぱりシリアルなんだ……）

余計なお世話かもしれないと思ったが、作ってよかったと、莉央は胸を撫で下ろした。

その後、朝食を綺麗にたいらげた高嶺は、今度は「ごちそう様」と言い、身支度を整えた後、「チワワには言えないだろう」と機嫌よくお弁当を持って家を出ていった。

「小松さんと張り合ってる……？」

やはり変な男だ。

莉央も簡単に朝食を済ませ、高嶺と自分の分の洗濯物をまとめて、マンションのクリーニングサービスに取りに来てもらう。

軽く部屋を掃除したところで、莉央のスマホが鳴った。知らない携帯番号からの着信だ。

「はい、結城でございます」

《莉央？　設楽です》

電話の向こうから聞こえてきたのは尊敬してやまない師の声だった。

「あっ、先生！」

思わず声が弾んだ。

《結城の家から送ってもらう手はずが整いました。来週にはアトリエにすべて届く予定です》

「はい。ありがとうございます、先生」

《羽澄くんが私の話を聞いてとても喜んでくれましてね。届く前にいったん目を通したほうがいいだろうと、デジカメで撮影した写真を送ってくれたのですよ》
「羽澄がそんなことを……？」
莉央が十年で描いた画は百枚はくだらないはずだ。まとめて撮ったにしても、大変な手間だったに違いない。
《今、目を通しています。莉央、私が知らない間にいい画をたくさん描いていますね》
「そんな……」
《これを見たのは、ほぼ羽澄くんだけだと聞きました。私は今、少し羽澄くんに嫉妬しています》
電話の向こうの設楽は、くすりと笑っている。
羽澄しかり、設楽しかり、やはり自分はたくさんの人に支えられている。気持ちに応えたいと改めて感じた。
「後で羽澄に連絡をします。ありがとうございます」
《莉央、よかったら今から会えませんか？》
「え？」

若干唐突に感じながら、壁の時計を見上げると正午を十五分ほど過ぎている。

《少し遅めになりますが、昼食を一緒にどうでしょうか》

おそらく日本で一番忙しい日本画家である、設楽の貴重な時間を自分が奪っていいのだろうかと迷ったが、断る理由はなかった。

「三十分ほどで出られます」

《よかった。ではまた後ほど》

時間と場所を手帳にメモして、莉央は時計を見上げた。

「あの人……お弁当を食べたかな」

尊敬する設楽とのランチよりも、なぜかそんなことが気になっていた。

タクシーで来るようにと指定された料亭は、設楽が京都で贔屓にしていた店の東京支店だった。

莉央の乗ったタクシーが停まると、まるで見張っていたかのように中居が出てきて代わりに代金を支払う。慌てて財布を出そうとしたが、「設楽先生にいただいておりますので」と丁重に断られてしまった。

案内された二階の五畳半、設楽が好む雰囲気の座敷には、顔が映るほど磨かれた漆塗りのテーブルを挟んで座椅子がふたつ。そのうちのひとつに結城紬姿の設楽が座っていた。彼はタブレットを膝にのせ、慣れた様子で画面を操作している。どうやら羽澄が送ったという莉央の画の写真を見ているようだ。

（先生も高嶺みたいにあれを使うんだ……。ほんと、私ももう少し文明の利器を使えるようにならないとダメかも……）

ものを知らないというのは、自分の世界を狭めてしまうことに繋がるのかもしれない。それを使う使わないは別にして、選択の余地を持てるようになりたいと思い始める莉央だった。

「先生お待たせしました」

うつむいている設楽に声をかけると、設楽は顔を上げ、嬉しそうに莉央を見上げた。

「急に呼び出して悪かったですね。座りなさい」

莉央が座椅子に座ると、設楽はタブレットのケースを閉じて畳の上に置く。

「今日は顔色がいいようですね。よかった」

「ありがとうございます」

「莉央の好きなものを出してもらうよう頼みましたから。たくさん食べなさい」

その優しい口調に、設楽の気遣いを感じる。

（先生は相変わらず優しい……。十年前となにも変わらない……）

十年前。莉央が紙切れ一枚で高嶺の妻になってからしばらくして、新進気鋭の日本画家として結城家にやってきたのが、設楽桐史朗との最初の出会いだった。派手好きな祖母が、結城家に客人として招いたのだ。

美人画の名手、鏑木清方《かぶらききよかた》の再来と呼ばれ、また彼自身の、真珠を刻んで作ったような美貌と相まって、芸術界において熱狂的なもてはやされ方をしていた。

ニューヨークの美術館に、家が一軒買えるほどの値段で買われることになったという設楽の画は、ふすまに描かれた美人画だった。ニューヨークに売られてしまう前にと、好事家たちが集まったのが祖母主催のパーティの趣旨だった。

自分への持参金がそんなことに使われていると知った莉央はまた落ち込んだが、もともと画を見るのが好きだったため、興味本位で広間に足を運んだのだ。

そこで莉央は初めて設楽の画を見た。

うつ伏せに横たわる振袖の美女の向こうに格子窓。扇情的《せんじょうてき》な構図であるのに、その画はどこか悲しくて清らかに見えた。

美しい、素晴らしい、と絶賛する客たちとは別に、遠巻きにその画を眺めていた莉央は無性に泣きたくなった。

理由などわからない。ただ苦しい。美しいから苦しい。

その場を立ち去ろうとした莉央を呼び止めたのが、人の輪から逃げてきた設楽だった。

『画は自由ですよ、莉央さん。描いてみませんか？』

そして設楽は莉央に画を教えた。筆の選び方からにかわ液の作り方まで。

水を得た魚のように莉央は生きる力を取り戻した。莉央は画という心の拠り所を持ったのだ。

誰ひとり弟子をとらなかった設楽の、唯一の愛弟子が莉央である。

いくら感謝してもしきれない、莉央にとって設楽は命の恩人のようなものなのだ。

「ごちそう様でした」

「うん、よく食べましたね。よかった」

ニコニコと笑う設楽自身は、日本酒と焚き合わせをつまむだけであまり食べていない。

「先生は召し上がらないんですか？」

「今日は夜に付き合いがあってね。散々飲まされるから控えめにしているんですよ」

「大変なんですね」

苦笑する設楽に思わず同情してしまった。

京都を離れたのも公私の区別なく人が押しかけてくるからで、『その点東京は人が多すぎるから、案外表面的な付き合いでなんとかなるものですよ』と言ったのは設楽である。

「まぁ、こればかりはね……。いっそ日本を出ようかと最近は考えているんです」

「えっ！」

困ったように微笑む設楽を見て、思わず大きな声が出てしまった。

「先生、外国に住むんですか……」

「少なくとも煩《わずら》わしさは半減しそうでしょう？」

「それはそうですけど……」

（先生が外国に……。考えただけで寂しくてたまらないけど、先生のためには確かにそのほうがいいのかもしれない。ああ、そうか。先生があれこれと私のことを考えてくれるのは、このためなのね。ご自分が日本を離れる前にと、気遣ってくださってるんだ……）

納得した莉央は、きちんと座椅子の上で座り直し、自分をまっすぐに見つめる設楽の視線を受け止める。

「突然のことで寂しいですけど、先生が落ち着いてご自分の画に向き合えるのなら……あと、私のこともいろいろお気遣いいただいて」

「莉央」

「はい？」

少し前のめりで名前を呼ばれ、莉央は言葉を止める。

設楽は、すっと席を立ち、テーブルを回り込んで莉央の隣に座った。

「私と一緒にニューヨークに行きませんか」

「……え？　一緒にって、お仕事のお手伝いですか？」

タブレットはおろかスマホですら満足に扱えない自分が行っても、ただのお荷物にしかならない。

先生はなにか勘違いをしているのではと言いかけた瞬間、莉央の膝の上の手に設楽の手のひらが重なった。

「あなたはもともと私の婚約者です」

「え……？」

（婚約者？）

設楽の言葉の意味をすぐに理解できず、莉央は言葉を失う。

設楽はいつになく熱っぽい目で、莉央を見つめた。

「莉央……。婚約者といっても、おそらくご両親もご存じない、私とおばあ様とのただの口約束です。私も戯《たわむ》れだと思っていましたが、あなたの存在はなんとなく、気になっていました」

(おばあ様がそんな約束を……?)

寝耳に水ではあるが、設楽がそんな嘘をつくはずもないし、生前の祖母のことを思い出すと、そのくらい言いそうだと莉央は納得するしかない。

「知りませんでした……」

「ええ、そうでしょうね」

設楽は自嘲《じちょう》するように微笑むと、それからしっかりと莉央の目を見つめ、手を取った。

「その後……あなたの結婚の話を聞いて、ただの友人として、おばあ様にお願いして会わせてもらったのです。もちろんおばあ様は少し気まずそうでしたが……私は、契約結婚をさせられる、あなたの力になりたかった」

そして莉央は手を引かれ、設楽の胸に抱き寄せられていた。

なよ竹のような上品で美しい師匠に、こんな一面があるとは知らなかった。

莉央は突き放すこともできないまま、師の言葉を聞いていた。

「――あなたに画を教えるのは楽しかった。水を得た魚のように生き生きし始めたあなたを見て、嬉しかった。けれど気がつけば……あなたが大人になるにつれ、ただの生徒として見ることができなくなっていた」

設楽は苦しげに、莉央を抱きしめる腕に力をこめる。

「なのにあなたはそんな私の気も知らないで『先生、先生』と慕ってくれて……。莉央、京都を離れたのはあなたを想い続けるのが苦しかったからです。私を純粋に尊敬してくれるあなたを裏切りたくなかったから、私は逃げたのです」

背中に回る設楽の腕は強く、耳元で響く告白は真に迫っていた。

女である自分よりも優雅でしとやかな彼の、どこにこんな力があるのだろう。

普段物静かなだけに、その思いが痛いほど伝わってきて、莉央はなにもできなかった。

「莉央」

抱きしめていた腕を緩め、今度は、たぐいまれな美を生み出すその指先で、まるでガラス細工にでも触れるかのように、莉央の顔を両手で包み込む。

「ニューヨークじゃなくてもいい。パリでもロンドンでもいい……どこでもあなたの好きなところに連れていってあげる。だから莉央……離婚が成立したら私と一緒に日本を離れましょう」

タカミネコミュニケーションズ社長室は、少しばかり異様な空気に包まれていた。明らかに高嶺が浮かれているのだ。

もちろん仕事に差し障りはないが、学生時代からの親友である天宮の目はごまかせない。

「ねぇマサ。なにがあったの。気持ち悪いんですけど……」

「莉央が弁当を作ってくれた。これだ」

天宮の言葉を待っていたかのように、意気揚々と包みをデスクの上に置く高嶺。

「は？　りお……って奥方様の？」

普段面倒くさがって、シリアルしか食べない高嶺がなぜ愛妻弁当を持参するに至ったのか。そもそもいきなり離婚届を突きつけられて激怒していたのではなかったか。

まったく理解できない天宮は、高嶺の顔と弁当の包みを交互に見比べる。

「マジかよ……って、なにがどうなってそうなったの？　五分で説明して」

そして高嶺から手早く話を聞いた天宮は、はあ、とため息をついて首を横に振った。

「要するに、十年間ほったらかしにしてた奥方様に恋しちゃったわけね」

「なんだよ、恋って。気持ち悪いな」

「いやいやそれってお前のことだよ？」

　眉根を寄せて怪訝そうな表情を浮かべる高嶺に、天宮は一応ツッコんでみる。

「俺はただ……莉央が欲しいだけだ。手放したくない。そばに置いておきたい。いつも見ていたい。それだけだ」

「だからさ……欲しいとか手放したくないとか……奥方様だってモノじゃないんだって……っていうかほんとそれ完全に恋だし……」

「お前の言うことはよくわからん」

「はぁ、そうですか……」

　たとえ言葉を尽くして忠告したとしても、おそらく高嶺には通じないということは天宮自身が一番わかっていた。

　高嶺はある種の天才で、当然我慢など生まれてこのかた一度もしたことがない。その性質も、彼の特殊な生い立ちのせいか、かなり世間とずれているところがある。友人は天宮ひとりだし、女性関係は〝去る者は追わず、来る者は拒まず〟で、特定の恋人も持ったことがない。

そして彼は、なにより圧倒的な権力と行動力を持つ帝王なのだ。ある程度のことはナンバーツーである天宮がコントロールできても、高嶺がなにかを決断した時、天宮にそれを止めることはできない。十年前、名門結城家の娘と契約だけの結婚をすると決めた時も、天宮は意見することすらできなかった。

だからこそ今の成功があるのだが、仕事で成功することと、莉央の決心を変えられることはまったく別のベクトルだろう。

「離婚届を突きつけられた男のくせに、まったく気にしていないのすごいね」

「ああ、その問題があったか」

高嶺は言われて思い出したようで、拳を口に当てて思案顔になる。

「考えを変えてもらう」

「ええー……ほんと、その自信どこから来るのかな……」

人生に一度くらいは、思い通りにならないことがあると思い知らされたほうがいい。

六月の株主総会を終えたら、この十年に敬意を表して莉央に慰謝料を払い、綺麗に別れればいいと思っていた天宮は、波乱の幕開けを感じていた。

そんな副社長の心配をよそに、高嶺は百貨店の外商担当に電話をかけ、至急、ジュエリーや洋服などを持ってくるよう告げる。外商が慌ててトランクケース持参で社長室にやってくると、高嶺はそれを適当に選び、一括で支払いを済ませた。

「家に妻がいるから、他にも適当に見繕って彼女に渡してくれ」

「かしこまりました」

その一連の流れを見ていた天宮は、なにか言いたげにしていたが、結局肩をすくめて社長室を出ていってしまった。

（翔平はあれこれ言うが、宝石も洋服も、女はみんな好きだろう。腐るもんじゃなし、もらって困ることはないはずだ）

それに、どれも莉央に似合うに違いない一級品である。

美しく着飾った莉央が喜ぶ顔を想像すると、高嶺は満ち足りた気分になった。

（とりあえず今日は仕事を済ませて早く帰ろう）


一方、設楽との食事を終えてマンションに戻ってきた莉央は、百貨店の外商部員がリビングの床にどんどん箱を積み上げていくのをぼんやりと眺めながら、困っていた。

「奥様にお渡しするようにとのことでした」

「……はい」

奥様と言われてモヤモヤしたが、戸籍上はとりあえず妻なのだから仕方ない。

受け取りのサインをして帰ってもらったが、いくらだだっ広いリビングでも、店でも開くのかというレベルで物が並ぶと狭く感じる。

「これ、私に……じゃないよね」

宝石やドレス、大量の洋服に靴を、いったい誰が必要としているんだろうか。高嶺の考えていることはまるでわからない。

「それよりも夕食の支度しなくっちゃ」

ちょうど豚汁を作っていたところである。莉央はまたキッチンへ戻り、作業を再開する。高嶺がいつ帰ってくるかわからないので、ご飯が炊き上がったらおむすびを作ることにした。

「そういえばなにが嫌いとか聞いてなかったけど……」

ゆで卵とシリアルで生きている高嶺に好き嫌いを言われたら逆に腹が立ちそうだ。

「いいわ、なんでも食べさせよう。大人なんだし」

自分に言い聞かせるように、塩おにぎりと豚汁、白和えを作り、ラップをかけてカウンターに並べる。そして使ったキッチン用品を洗い片付けてしまうと、途端に莉央は押し寄せてくる漠然とした不安に押し潰されそうになった。

当然、脳裏に蘇るのは設楽のことだ。

（離婚したら先生と海外……）

突然の告白に莉央は当然驚いたし、返事もできなかった。設楽は戸惑う莉央に『返事はいつでもいいですから』とその場で決断を迫らなかった。

けれど莉央は、正直自分がどうしたいのかなど考えつかない。

もちろん設楽のことは心から尊敬している。好きか嫌いかと問われれば好きである。けれどそれは人としてであって、設楽を男として意識したことなど一度もない。

芸術家らしく、どこか浮世離れした雰囲気を持つ設楽は、誰が見ても魅力的に違いないのだが、自分が誰かを愛し愛される存在になるかもしれないと考えると、途端に怖気づいてしまう。

十年前、望まぬ結婚をした莉央の人生に、恋愛は関係のないものとしか思えなかった。

（怖い……）

ソファにもたれるようにして座り、目を伏せる。

（恋なんて必要ない……。誰の個人的感情にも振り回されたくない。誰かに苦しめられるくらいならずっとひとりがいい……）

「誰も私の心に入ってこないで……」

大きな手が肩に触れて、それから指先が首筋に触れた。

「……莉央」

くすぐったくて身をよじると、こめかみのあたりに吐息が触れた。

「……んっ……」

ぼうっとした頭でまぶたを持ち上げると、至近距離に端正な男の顔があり、心臓が口から出そうなくらい驚いた。

「莉央。ただいま」

（え……？）

「きゃああっ！」

高嶺が驚いたように目をパチパチさせる。

「なんで叫ぶんだよ」

「やっ、だってびっくりするでしょう⁉」

莉央の心臓はまだドキドキしていた。高嶺はソファの背もたれの部分に手をつき、鼻の先が触れそうなくらい顔を近づけていたのだ。

「起こすにしても、他にやりようがあると思うんだけどっ……」

悲鳴をあげた恥ずかしさでしどろもどろになるが、高嶺はあっけらかんとした様子でうなずく。

「まぁ確かに、眠り姫はキスで起こすもんだよな」

「はぁっ⁉　なっ、なに言ってるの、冗談でもやめて！」

「冗談じゃない」

高嶺は低い声でささやく。

「莉央、お前にキスしたい」

面と向かってキスしたいなどと言われたのは人生初めてのことだった。まったく男に免疫のない莉央は、高嶺の言葉に、羞恥と戸惑いとで全身が熱くなる。

「莉央、お前が欲しい」

莉央はその時改めて気づいた。

この、高嶺という男の、人を惹きつける熱に。

熱っぽく響く声と、切れ長でまっすぐな青墨色の瞳に宿る、色気に。

設楽に触れられた時とは違う。

莉央が欲しいと素直に告げる高嶺は〝男〟だった。

「莉央、お前に触れたい。その目で他の誰でもない俺を見てほしい」

すべてをさらけ出す熱い目で、高嶺の手が莉央の肩を包み込む。膝が莉央の両足の間に割って入る。

気がつけば肉食獣に捕食される小動物のように、ソファに押し倒されていた。

「な、なんでっ……？」

莉央の頭は混乱していた。

今日、いきなり設楽と高嶺、まったく違うタイプの男に思いをぶつけられた。

けれど莉央には理解できない。当事者のくせに、なぜ自分が求められるのかわからない。自分ひとりが置いてけぼりにされている気がして息ができなくなる。

「なんでって、理由なんてあるか。ああ、翔平は『それは恋だ』なんてふざけたことを言っていたが……」

「こい……恋？」

その瞬間、莉央は両手で高嶺の胸を押し返していた。

（馬鹿にしてる……！）

「ふざけないでっ！」

「ふざけてなどいない。莉央、俺は本気だ」

「本気って、十年顔を合わせないで、いざ離婚しようとなってそういうこと言う神経が信じられないって言ってるの！」

怒りのあまり頭がクラクラする。

気が遠くなりそうなのを必死に収め、莉央は高嶺の体の下から彼を睨み返した。

「そんな顔をするな」

だが高嶺はほんの少し困ったように目を細めるだけ。莉央のご機嫌をとるかのように、リビングに積み上げられているプレゼントを振り返った。

「あれはお前へのプレゼントだ」

「……っ……いらないっ！」

「は？」

「欲しくない！　宝石もバッグも靴も洋服も、全然欲しくないっ！」

そして莉央はなんとか高嶺の体の下から抜け出して、うっすらと浮かぶ涙を手の甲で拭った。

（なんでだろう。情けない……。高嶺と話してると私いつも泣いてしまう……）

十六で結婚してから、いろいろなことを諦めた。気がつけば喜怒哀楽をあまり出さないようになっていた。

けれどその元凶になった高嶺と向き合っていると、莉央の心は激しくかき乱されるのだ。嫌いとかそうじゃないとか、そんな次元の問題ではなく、高嶺だけがよくも悪くも莉央の感情を突き動かしてしまう。

「……莉央、泣いてるのか」

高嶺が動揺したようにソファから立ち上がる。

「泣くな、莉央」

「泣かせてるのはあなたです……！」

「わかった。いや、わかってないが、とりあえずお前の主張はわかった。泣くほど嫌ならプレゼントは……返品する」

そして高嶺は、肩で息をする莉央にそっと近づいて、長身の体を丸め、顔を覗き込む。

「代わりになにか欲しいものはないか」

（そんな優しい声出さないで！）

耳をふさぎたくなる。

「ないわ。離婚届くらいよ……。いつになるの⁉」

苦しくて、思わず懇願《こんがん》するような声が出る。

だが莉央の問いに高嶺は眉根を寄せて首を振り、そして意を決したように言い放った。

「それはできなくなった」

「えっ……？」

「さっきも言っただろう。俺はお前が欲しいんだ。手放したくない、離婚はしない」

頭のてっぺんに雷が落ちたような衝撃を受ける。

「嫌っ……」

震えながら莉央は首を横に振った。

「どうしてそんなこと言うの！　私なんかどうでもいいから放っておいたんじゃないの⁉」

「今までは……確かにそうだった。結婚相手が誰かなんて考えたことがなかった」

高嶺の言葉に莉央の顔が歪む。

「だがお前が俺の目の前に現れてから、すべてが変わったんだ」

「やめて……」

「莉央、お前が欲しい。どうしたら俺を愛してくれる？」

切々と語る高嶺の声と表情は真摯で、莉央の目はそれを真実だと受け止めていた。

だからこそショックだった。

「今さらそんなこと、言わないでよ……」

胸の奥から熱い塊《かたまり》のようななにかがグウッとこみ上げてくる。

この男には自分の心をひとかけらだって晒したくないのに、なぜかこの男だけが莉央の心を裸にしてしまう。

「私のこと、放っておいたくせにっ……人間扱い、しなかったくせにっ！」

叫ぶと息が吸えなくなった。呼吸ができず、頭がクラクラする。

思わずその場に座り込むと、高嶺が慌てたように駆け寄って莉央の肩をつかみ、胸の中に閉じ込めるように抱き寄せた。

「だからもう放っておかないと言ってる……！」

高嶺の体は熱く、吐息も、腕の力も、すべてが圧倒的で、反抗するにはあまりにも大きく、強すぎた。

「やっ……」

いくら莉央が身をよじって逃げようとしても、高嶺の力は緩まない。

いくらなんでも一方的すぎる感情に、悔しさのあまり、ポロポロと涙がこぼれ落ちた。

「莉央……」

高嶺は莉央の頭を支えるように持ち、顔を覗き込む。

「きらいっ……あんたなんか、だいきらいっ……」

せめてもの抵抗にと嫌いと叫び続ける、莉央にできることはそれだけだった。

だが高嶺は、苦しげに眉を寄せながらもそれを受け止める。

「わかってる」

ここまで言われれば、世界一嫌われたという自覚はある。それでも高嶺は莉央の目を、心を、覗かずにはいられないのだ。

「だけど俺は、お前が欲しい……」

高嶺にこんな声が出せたのかと、彼を知っている人間なら耳を疑っただろう。狂おしいまでに切なく、全身全霊で莉央を求めるその声に、莉央は震えが止まらなくなった。

莉央をソファに座らせ、高嶺はホットミルクを作り、彼女にマグカップを持たせた。

「……ありがとう」

莉央はぼうっとする頭でミルクを飲み、それから洗面台で顔を洗って戻ってきた。

「少し、考えさせてくれる?」

「えっ?」

「あなたとのこと。考えさせて」

「……わかった」

ホッとしたように高嶺はうなずく。

今すぐ出ていくと言われなかっただけで、高嶺の中ではとりあえず〝勝ち〟だった。

ここにいるのなら、いくらでも挽回できるはずだと信じるしかない。

一方莉央は、高嶺とこのまま結婚生活を続けることなど微塵《みじん》も考えていなかった。

(真正面から離婚してと言ってもダメ。だったら私は一刻も早く自立しないといけない。設楽先生に頼ることもできるけど……きっと先生なら助けてくれるけど……先生と一緒に外国に行く決心がつかないままでは、そんな無責任なことは絶対にできない)

莉央は、ソファの隣で、自分を心配そうに見つめる高嶺に目をやる。

(だけどこの男なら、いい。私をうんと傷つけるこの男になら、私は好き勝手に振る舞える。それで嫌ってくれたら一石二鳥だし)

「ところで私、とてもわがままなの」

「そうなのか?」

少し意外というふうに高嶺が目を丸くする。

「そうよ。だからすぐに嫌になると思います」

「ふぅん……」

莉央の言葉に、高嶺はなんだか楽しげに唇の端を持ち上げる。

「それは楽しみだな。せいぜいわがままの趣向を凝らして、俺を困らせるといい」

その笑顔は実に不敵で、彼の闘志に火をつけたような気がして莉央を不安にしたが、

莉央はきつく唇を噛みしめて背筋を伸ばす。

「ええ。覚悟して」

「いや、覚悟するのは俺だけじゃないぞ。お前もだ」

「どういうこと？」

高嶺はソファの背もたれに腕を回し、首をかしげる莉央に体を寄せた。

高嶺の体が近づくと、それだけで莉央の体温も上がるような気がする。

「近いですっ」

莉央は身じろぎしながら迫ってくる高嶺の顔を見返した。

けれど彼は、そんな莉央の抗議もどこ吹く風といったふうに目を細める。

「俺にだってお前が欲しいと言う権利がある」

「権利⁉　なっ……なにを言ってるの⁉」

莉央は驚愕して目を丸くした。

だが高嶺はその切れ長の目をやんわりと細めたまま、さらに莉央の耳元に唇を寄せた。

「毎朝毎晩、ささやいてやる。お前が欲しいと、熱烈に。根気よく言い聞かせれば、いつか莉央の気持ちが変わるかもしれないだろう」

高嶺の声はよく通る。莉央の心臓が意図しないレベルで跳ね上がる。

「ちょっ……」

なんという男だろう。あれほど嫌いだなんだと拒絶されて、まだこの言いように開いた口がふさがらない。

（私の気持ちが変わるはずない。十年のこの思いが、そんな簡単に消えるはずがない！）

そう思うのだが、莉央は一方で高嶺の不思議な魅力に惹きつけられてしまう自分が怖くもあった。

「やめてよ、そんなの聞きたくない」

「夫が妻を欲しがってなにが悪いんだ？」

高嶺は体を起こし、羞恥に顔を赤く染めながらも果敢《かかん》に睨み返してくる莉央を見下ろす。

「素直になることに決めた」

「素直って？」

「お前を見習ってな」

「……単純だって言いたいのね」

「魅力的なんだ」

高嶺はソファから立ち上がってキッチンへと向かう。

「今日の弁当ありがとう。美味しかった。ちなみに明日からはやめてしまうのか？」

「それはやめないわ。約束したんだから」

「そうか」

高嶺は肩越しに振り返ってにっこりと笑う。

「明日も楽しみにしてる」

「……わかりました」

それから高嶺は鍋を覗き込んで、「おお……」と感嘆の声をあげる。

「莉央はもう食べたのか？」

「まだです、温めますから待ってください」

「手伝いたいが、どうしていいかまったくわからん」

「そうね、邪魔になるから座っててくれたほうがマシよ」

莉央としては嫌味を言ったつもりなのだが、高嶺は特に不機嫌な様子もなくうなずいた。そして莉央がキッチンであれこれと動いている間、言われた通り邪魔にならないよう、付かず離れずのところで楽しげに莉央の様子を眺めている。

(高嶺正智……この人と話していると、調子が狂う。たった今大嫌いと思ったはずなのに、もう毒気を抜かれそうになってる……)

自分がおかしいのだろうか。いや、この男が規格外すぎるのだ。

子供のように無邪気に見せて、大人の狡猾《こうかつ》さも併せ持つ。恐ろしく野蛮なのに、人の心を読むのにも長《た》けている。

(それでも私は、この人の言葉になんか耳を貸さないんだから……)

今はそう自分に言い聞かせるしかなかった。

抗えない現実と嫉妬

もしかして毎日花をくれるつもりなんだろうか……。

出社する高嶺を送り出し、夕方やってきたフラワーショップから花のアレンジメントを受け取り、リビングに飾る。

二日目の今日は、ヒヤシンスにピンクのバラのかわいらしいアレンジメントだ。高嶺曰く、『花屋任せでなく、ちゃんとこの目で莉央に贈る花を決めている』らしい。

ちなみに昨日もらったのは、抱えきれないほど大きなチューリップの花束で、それを飾るための花瓶もなく困り果てたのだが、夜に百貨店の外商担当がガラスの花瓶をいくつも持ってきてくれてことなきを得た。

そもそも、なぜこうなったかというと、高嶺に『なにが好きなのか』と尋ねられたからだ。犬が好きと言えば今頃この部屋に犬がいたに違いない。リビングが花で埋もれるのも時間の問題だ。

部屋いっぱいの花に囲まれたら、いったいどんな画が描けるだろう？

どこかでやめてもらわないといけない贅沢だとわかっているが、ワクワクする気持なものだ。

ちは抑えられなかった。

(だからって、高嶺に感謝するわけではないけど……!)

誰が見ているわけでもないのに、そんな言い訳を自分にしてしまう。

昨日、鉛筆でデッサンしたチューリップの下絵を何枚か部屋から持ってきて、顔彩《がんさい》と一緒にリビングのテーブルに並べる。顔彩は水で溶いて使う日本画の絵の具のようなものだ。

昨日写生した時よりも花が開いていたので、花びらを少し調整しながら下図を作った。

水で濡らした筆で色を取り、絵皿に移してさらに水を足す。何色かを混ぜて、チューリップの花びらの色を作る。

淡い色から塗り、乾いたら今度は濃い色を重ねる。葉っぱの裏表、茎のねじれ、花びらの色の違いをはっきりと。ひたすら観察して、正確に。

久しぶりの彩色作業に楽しくて時間が過ぎ去るのを忘れてしまう。

(やっぱり私、画が好き。なによりも好き……)

ふと、設楽の穏やかな笑顔が脳裏に浮かぶ。

そうなると、設楽と一緒にいることが自分の幸せなのだろうか。心穏やかな日々を送ることができるのだろうか……。

私はいったいどうしたいんだろう。

シブヤデジタルビルの一階にあるフラワーショップから、配送完了の連絡を受け取った高嶺は、昨日の莉央の驚いた顔を思い出して、今日も喜んでもらえるだろうかと考えていた。

莉央が『花が好き』だと言った時は、正直そんなものでいいのかと思いもしたが、選ぶ側の立場で考えてみれば、毎回違う花を贈るというのもなかなか手間のかかる作業だ。

（だが、莉央は本当に花が好きなようだ。活けられたチューリップを見て嬉しそうだったしな）

そうやっていい気分に浸っていると、

「今いい？」

天宮が社長室に姿を現した。

「どうした。なにかまずいことでもあったか」

なんとなく複雑そうな表情を浮かべた副社長は、手に大きなファイルを持っている。

「んーまぁ、楽しいことではないだろうね」

天宮はファイルをそのまま高嶺のデスクの上に置く。【結城莉央について】とラベルが貼ってある。

「なんだこれは」

「奥方様が来た初日に言ったでしょ。調べるって」

「ああ、そうだったな……」

莉央が別れたいと言い出した理由を調べると、天宮は確かに言っていた。

報告書が上がってきたということは、なにかしらわかったのだろう。そしてそれが高嶺にとっていい話ではないということも、天宮の表情から明らかだった。

ファイルに手を伸ばしかけて、ふと自分の指先が震えていることに気づいた。

(震えてる……俺が？　怖いのか、知ることが)

指先をぎゅっと握りしめ、広げる。

それを見ていた天宮が助け舟を出した。

「マサ、俺から説明しようか？」

「いや、自分の目で確かめる」

ファイルを開いて文字を目で追った。

【結城莉央。二十六歳。京都の名門女子高、水之尾《みずのお》女学院出身で、成績は非常に優秀だったが、卒業後は祖母の介護を理由に進学せず】

「え……」

衝撃で思わず声が漏れた。

てっきり莉央は、大学を出ていると思ったのだ。

さらに読み進めると、莉央はほとんど家を出ず、母と一緒に祖母の介護をしながら、慎ましやかな生活を送っていたことがわかる。

「おい、翔平。これはどういうことだ」

隣に立ち、同じように文字を追っていた天宮を振り仰ぐ。

「んー、あの御当主、事業の失敗の穴埋めや、家庭を維持することに結納金を使わず、懲りずに新しいことをしようとしたみたいだね。まぁ、案の定失敗してるけど……。うちのお金で安定した生活ができるようになったのは、当主と金遣いの荒いその御母堂《ごぼどう》が亡くなってからで、奥方様が成人して以降だね。それまでは結構やりくりが大変だったみたいだよ」

結城家には高嶺からの現金以外にも、不動産があった。それを貸して食べるには困らない程度の収入があったはずである。

「俺は……そんなこと知ろうともしなかった」

「仕方ないんじゃないの。だって、そういう契約だったじゃん。あれはまともな結婚じゃない、ゲームだったんだから。娘を売った結城家がどんな生活をしているのかなんて気にするくらいなら、最初からこんなことしちゃいけなかったんだよ」

「……そうだな」

「一応言っとくけど、マサひとりを責めてるんじゃないよ。俺たちのこの会社はそうやって大きくなったんだって、俺は理解してる」

「ああ」

慰めになるようなならないような、天宮の言葉に高嶺は唇を噛みしめ、また先を読み進める。

【日本画家、設楽桐史朗に師事。唯一の弟子であるが、公募などの経験はなし】

「誰だ、設楽桐史朗って」

知らない男の名前に胸がざわめく。

「聞いたことない？　外国で今一番人気がある日本画家」

「ない」

「嘘でしょ。すっごいニュースになったじゃん、こないだ彼の描いた屏風絵《びょうぶえ》がメトロポリタン美術館に一億で買われたって」

「はぁ⁉」

芸術にはまるで縁のない高嶺である。例えば考古学的価値でもあれば理解できるのだが、現代の作家の絵が一億円と言われたら、さすがに理解の範疇《はんちゅう》を超える。

資料と一緒に着物姿の男の写真が挟んである。見ると年の頃は四十過ぎくらいの、かなりの美男だった。

「おい……」

「日本画家だから爺さんだと思ったでしょ。残念だったね」

「……翔平」

嫌な予感に顔を上げると、彼は爽やかな笑顔でどこか楽しげに高嶺を見つめていた。親友のくせして、高嶺が困ればいいと思っているのが、ヒシヒシと伝わってくる。

「まだ公にはなってないけど、彼は今、水面下で国内外の有名な美術商を集めようとしてる」

「どういうことだ」

「愛弟子のため、彼女が日本画家としてデビューできるようにサポートしてるらしい」

愛弟子というのは当然莉央のことだ。

天宮の言葉に心臓のあたりが、きつく締めつけられる。妙な動悸がして、思わず胸元を手のひらで押さえていた。

「莉央は……そいつが好きなのか」

声が震える。

「それはわからないよ。でもそうだったとしてもおかしくないんじゃないの、お師匠様なんだし……ってこらっ、マサーッ！」

気がつけば高嶺は社長室を飛び出していた。

激しい焦燥の中、タクシーを飛ばしてマンションの部屋に帰ってみれば、莉央はリビングのテーブルの下で丸くなって眠っていた。

「いた……」

報告書を読んだ時、彼女はもうここにいないような気がした。だからすぐに帰って莉央の顔を確かめずにはいられなかった。

だが、いつまで彼女がここにいるのか、わからない。

自分の翼で飛んでいこうとする鳥を閉じ込めておくことはできるのだろうか……。

どうやったら……。

とりあえず着ていたジャケットを脱いで莉央の肩にかける。

テーブルの上には何枚もの画が、まるでそこだけ花畑のように広がっていて、絵具も散らかったままだった。

「莉央……」

思えば莉央は、よく力尽きるように眠っている。おそらくエネルギーの使い方が一極集中で、すべてのエネルギーを使い果たすと、そのまま電池が切れたように眠ってしまうのだろう。

「まるで子供だな」

自分もよく天宮にそう言われるのだが、莉央はそれ以上な気がした。

莉央を抱き起こし、ソファに寝かせる。そして書きかけの画を一枚手に取った。

高嶺は芸術を理解しない。古い歴史を感じさせたり、技巧を凝らした絵画を見れば、すごいなと思う程度だ。

だが莉央の画は、どこか高嶺の気を引いた。欲しいと思う女が作り出したものだからかもしれない。

そのチューリップを見ていると、おそらく莉央の内面に眠る、はつらつとした明るさのようなものが伝わってくるのだ。

こんな莉央を、自分は知らなかった。莉央に画を教えた設楽桐史朗は、ずっと昔から同じ景色を見ていたのかもしれない。

その瞬間、嵐のような激情が高嶺を襲った。他人を羨ましいなど生まれて一度も思ったことのない高嶺が、莉央と設楽の間に絆のようなものを感じて、目に見えないなにかに激しく嫉妬したのだ。

カアッと目の前が赤く染まり、ブルブルと震えが止まらなくなる。

「莉央……っ」

奪われたくない。指一本、髪一筋だって、触れさせたくない。

自分以外、誰の目も届かないところに閉じ込めておきたい。

だがそんなことをしたら、どうなるだろう。

莉央はきっと変わってしまう。莉央の目から、心から、自分を惹きつけてならない美しいなにかが消えてしまうに違いない。

「……ん」

高嶺の呼びかけに気がついたのか、莉央がまぶたを持ち上げる。そしてソファに座り込んで自分を見下ろしている高嶺に気づき、大きな目をパチパチさせた。

「あれ……もうそんな時間……？」

顔を上げて壁の時計を見る。

高嶺は、莉央の視線を追って一緒に針を確認したが、まだ夕方の五時前だった。

「今日は早かったの……きゃあっ！」

上半身を起こしかけていた莉央が、驚いて悲鳴をあげた。なんと高嶺がのしかかるように体を近づけてきたのだ。

「ちょっ、ちょっと、なんなの⁉ くるしっ……」

暴れる莉央だが、高嶺の腕の力は緩まない。それどころか莉央を切なげにかき抱いて、首筋に唇を押しつける。

「やっ、馬鹿っ、なにしてっ……」

莉央は拳を振り上げてなんとか抵抗しようとするが、高嶺はそのままぎゅっと目を閉じ、声を絞る。

「どこにも行くなっ……」

「え？」

「行くな……」

二度目の『行くな』はとても小さな声で、高嶺から切羽詰まったなにかを感じ取った莉央は、なんとか上半身を起こす。

「どうしたの……」

てしまった。
だが高嶺は無言で莉央にしがみついたまま、ずるずると、お腹のあたりに顔を埋め
(意味がわからない……)
莉央は呆然と高嶺を見下ろす。
画を夢中で描いていたことまではしっかり覚えている。そしておそらく夢中になっ
ている間にエネルギー切れを起こしたのだろう。そのまま眠ってしまうことは昔から
日常茶飯事で、よく羽澄にも叱られていた。
だがこの状況はなんなのだ。いつもより早く帰ってきて、『行くな』と高嶺がしが
みついてくる。
そもそも行くとはどこに？　自分は、とりあえずここに当分いるしかない状況だ。
そう話をしたはずだ。
(ついでにわがまま放題して嫌われようともしていて……なかなかわがままを発揮す
るタイミングがないのが悩みだけど)
そんなことを思いながら高嶺をじっと見つめる。なぜか高嶺は震えていた。
「えっと、具合でも悪いの？」
「……悪い。かなり気分が悪い……」

からかわれているとは思えない。本当に、毒でも飲まされたかのように苦しそうなのだ。

「熱測ったほうがいいんじゃ……」

いくら体が丈夫そうでも人間だ。莉央が来るまで食生活もいい加減だった。彼にとっても莉央の登場はあまりにも突然だったのだから、どこかで体調を崩すことも十分ありうる。

「熱を測ったほうがいいわ」

体温計を出そうと立ち上がりかけたが、

「莉央」

それをなぜか高嶺が止めた。そして莉央のウエストにしがみついたまま顔を上げた。

「お前は……あいつが好きなのか」

「好き？　あいつって？」

「設楽桐史朗」

「……ええっ⁉」

まさかここで師の名前が出てくるとは思わなかった莉央は、あからさまに動揺してしまった。

（好きなのかって？　もしかしたら海外に誘われてること、知ってるの？）

だがそれはつい先日の話で、莉央は羽澄にすら話していない。高嶺が知るはずもない。

それに莉央自身、そんなことを考えること自体、あまりにも設楽の好意に甘えすぎて、打算的だと反省したばかりである。

だがそんな様子の莉央を見て、高嶺はなにか感じるところがあったのか、まっすぐな眉をギュッと寄せ、頭痛に悩まされているような様子で唇を噛みしめる。

本当につらそうで、ひどい有様だ。

「あの……やっぱり熱が」

「ダメだ！」

「え？」

「決定的なことは、言うなっ……聞きたくない！」

そして高嶺は無言で莉央をぎゅうぎゅうと散々抱きしめた後、

「部屋にいるっ！」

立ち上がり、スタスタと自室に入っていった。

「なんなの……？」

まさか高嶺が設楽に嫉妬し、気がおかしくなりそうなくらい悩んでいるとは思いもつかない莉央は、高嶺の行動はやはり体調不良なのだと捉えることしかできない。

「今日の夜は消化のいいものにしておいたほうがいいかも……」

だがそんな莉央の気遣いも虚しく、高嶺はその夜部屋から出てこなかった。それどころか翌朝、いつもの時間になっても起きてこない。さらに二時間経っても応答がなく、不安に駆られてドアをノックしても返事はない。

大人なのだから大丈夫だろうと思っていても、自分があまり体が丈夫ではないので不安になってくる。

もしかして中で倒れているのでは？

医者を呼んだほうがいいかもしれないと悩んでいると、マンションコンシェルジュからインターフォンで連絡が入った。

「はい」

《天宮様がいらっしゃっていますが、どういたしますか？》

「天宮様……？」

もちろん莉央は知らない名前だ。

高嶺を起こしたほうがいいだろうかと迷っていると、

《すみません》

別の男性の声が割って入ってきた。

《あ、莉央さん？　俺は天宮翔平といいます。高嶺とは二十年の付き合いです。怪しい者ではありません。合鍵も持っているのですが、事前にお知らせしたほうがいいと思ってこうやって連絡しています》

柔らかな声がして、自己紹介と説明を始めた。

《今日、大事な会議があるのであいつが来ないと困るんですよね。今から上がりますけど、いい？》

「は、はい、わかりました。お待ちしています」

大事な会議？　やはりとりあえず起こしたほうがよさそうだ。

莉央は意を決して、高嶺のベッドルームへと足を踏み入れる。

「あの、高嶺さん、起きてください。会社の人が来ましたよ」

丸まった布団に話しかける。返事はない。

「やっぱり具合悪いんですね。お医者様呼びましょうか？」

ベッドに近づいて肩のあたりに触れたその瞬間、バサッと毛布が持ち上がり、腕をつかまれ、ベッドの中に引きずり込まれていた。

「きゃあっ！」

一瞬なにが起こったのかわからなかったが、腕の中に囲うようにして、高嶺に押し倒されている。

「たっ、高嶺さん、ちょっとっ……近す、ぎっ」

「……忘れてた」

「な、なにをですかっ⁉」

「莉央に、ささやくのを」

「はい？」

「昨日は、動揺のあまり、お前が欲しいと言うのを、忘れていた……」

こつんと額が触れ合う。前髪がサラサラと落ちてくる。

青墨色の瞳は今日も変わらず綺麗で、こんなことをしている場合ではないというのに見惚れてしまう。

「すまん」

「や、別に、その、待ってないですけど……！」

ささやかれたいわけでもないのに、いざ距離が縮まると緊張して体が固まる。

「唇にキスしてもいいか」

「いっ、いいわけないでしょ⁉」

「じゃあ頬は？　頬ならいいだろ。おでことか……」

高嶺の長い指が莉央の頬にかかる髪を払う。

いいわけがないのに、最初に〝唇〟と言われてからだと頬やおでこくらい、たいしたことがないように感じられて恐ろしい。

「昨日は苦しかった。頭がおかしくなりそうだった。でもこうやってまたお前に触れると幸せな気持ちになるんだ……」

低く甘い声で高嶺は愛おしげにささやき、それからぎゅうっと抱きしめる。そして莉央の前髪の生え際に、高嶺の高い鼻が触れる。

「甘い匂いがする」

「やっ、やだ、困りますっ……！」

「困る？」

「息が、できなくなるし！　心臓がっ」

「その調子で俺を意識してくれると嬉しいんだが……」

「……意識……って、なんでそうなるの……嫌いって言ってるのに！」

「そうだな……だけど俺は諦めない。どれだけ苦しくても、やめない……」

高嶺の告白に、どうして自分なのかと、莉央は思う。

（私なんて、なにもできない……まだ自分の足で立つこともできない人間なのに……どうしてなの？　誰も心に入ってこないでと思うのに、この人をどうやっても無視できないのはどうして……？）

高嶺に抱きしめられると、自分という存在に嫌でも向き合わざるを得なくなる。今なにを考えているか、感じているのか、曖昧な輪郭がはっきりしてくるような気がする。そして同時に、嫌いと言われても折れない高嶺に、ある意味尊敬すら覚えてしまう。

（私ならきっと、ひとりを選ぶ。傷つくのは怖いから、ひとりでいたほうがマシだと思うのに……。って、なに高嶺に感心してるの、違うでしょ！）

「離してくださいっ！」

必死で高嶺の上半身を両手で押し返すと、高嶺は素直に体を起こす。そしてにっこりと微笑む。

「おはよう、莉央」

寝乱れた髪が妙に色っぽい。

「おはようじゃないです！」

「そうだよー。なにこれ。俺、声かけるタイミング完全に逃しちゃったよ。あ、奥方様。先ほどご連絡した天宮翔平です」

ベッドルームのドアにもたれるようにして、スーツ姿の天宮が腕を組み立っていた。

「おはようございます」

王子様然とした雰囲気で、真っ赤になっている莉央に優雅に微笑みかける。

「……おはようございます、すっ、すみません！　起こそうとしたんですが！」

そういえば部屋に上がると言われたのだった。高嶺に振り回されて、頭から抜けていた。なにもかも高嶺のせいだ。

「失礼しますっ！」

莉央は顔を真っ赤にしたまま、ヨロヨロとベッドルームを出ていく。

そんな莉央の後ろ姿を見送ってから、天宮はベッドの上にいる高嶺に視線を向けた。

「とんだ溺愛《できあい》ぶりだね。あんまり相手にされてないのがウケるけど」

莉央が倒れた時に、猫でも拾ったと思って看病しろと言ったことを思い出す天宮である。まさに親友は、猫を溺愛するが相手にされない男そのものだ。

「で、実際のところ具合悪いの？」

「いや、おそらく知恵熱だな」

高嶺はため息をつきながら、髪をかき上げる。

「おそらく、知恵熱？」

なにを言っているのかわからない天宮は首をかしげた。

「昨日のあれで、考えすぎた」

「昨日の……ブホッ」

不意打ちを受けた天宮は勢いよく吹き出すと、体をくの字にして笑い始めた。

「なっ、なにそれっ……！　おそらくって！　なに、嫉妬しすぎで熱出たってこと⁉

しかもその自覚があるからおそらくなの⁉　嘘でしょ、冗談キツいわ！」

「冗談で済むなら俺も楽でいいんだがな……」

「いやいやいや！　初恋こえぇー！　異常に丈夫なマサに熱出させる初恋こえぇー！」

まさか朝からこんな爆弾を落とされると思っていなかった天宮である。

「いやぁ、なんていうかここイチで笑ったわ……やっべぇ」

目尻に浮かんだ涙を指先で拭いながら、天宮は憮然《ぶぜん》とした表情の高嶺の隣に腰を下ろし、フゥとため息を吐いた。

「まぁ、知恵熱なら問題ないか……。今日、十二時からランチ会議、その後雑誌の取材だから。これどっちもマサが必要だからね。すぐ用意して。スーツじゃなくてジャケットでいいよ」

「わかった。シャワー浴びてくる」

ワシワシと髪をかき回し、仕方なさそうにベッドから下りる高嶺は、ふと思い出したように天宮を振り返った。

「ところでなんで俺に連絡なしにわざわざ家まで来たんだ」

「そりゃー、奥方様を見たかったからに決まってるじゃん」

「……翔平」

「その顔やめて。怖いから。いくらマサの片思いでも人妻なんだから……。あ、親友の妻って響きなんかちょっとソソるね？」

「殺すぞ」

「激しい殺意……！」

ケラケラと笑う天宮を見て、高嶺もまた力が抜けたのか、肩をすくめる。

「お前、マジムカつくな」

「いやフツー笑うっしょ。ギャグでしょ」

今は社会的地位があるが、他人の目がないと二十年前の学生時代に戻ってしまうふたりであった。

そして高嶺がシャワーを終えるのを待つことになった天宮に、莉央はお茶を出した。

「莉央さん、改めて初めまして」

「初めまして。結城莉央です……」

莉央は小さく頭を下げる。

天宮翔平。高嶺とは二十年の付き合いで、なおかつ副社長をしているのだから、自分のことは当然なんでも知っているに違いない。笑顔が似合う容姿端麗を絵に描いたような男だが、その笑顔を彼の仮面のようだと思う自分はひねくれているのだろうか。

そんな天宮にかなり恥ずかしいところを見られてしまった。だがさすがに外に逃げるわけにもいかず、お茶を出した後は食器を洗うという台所仕事に集中することで気を紛らわすことにした。

「俺はね、莉央さんが離婚したいなら手伝うつもりだから」

突然聞こえてきた天宮の言葉に手が止まった。

どういうことかと顔を上げると、至極真面目な表情の天宮と目が合う。

「莉央さん、好きな男がいるんでしょ？」

「はい？　あ、そういえば高嶺も、設楽先生のことでなにか言ってましたけど……。私、先生とそういう関係ではありません」

「えっ、本当？」

目を丸くする天宮に、莉央はきっぱりと言い切った。

「当たり前です。私一応結婚しているんですから……そんなこと絶対にしません。心外です」

「……それ、彼も同じ気持ち？」

「それは……」

莉央は言葉に詰まる。それは肯定の意味になってしまうのだが、うまくごまかすことなど莉央にはできなかった。

「ああ、ごめん。それは設楽さんの気持ちの問題だね。あなたはなにも悪くない」

そんな素直な莉央の反応に天宮は驚きつつも、言葉を重ねて尋ねる。

「ということは、莉央さんは新しい彼と結婚したいから別れたいってわけじゃないんだ」

「違います。父と祖母を看取った後、母に背中を押してもらえたんです。もう、好きに生きていいって」

「なるほど……」

「それよりも天宮さん、設楽先生のこと調べたんですか？」

なんとなく気分が悪い莉央は、少し問い詰めるような口調になってしまった。

「うん。だっていきなりの離婚請求だったからさ。理由があるのかなって思ったんだよ。ただ俺としては最初に言った通り、莉央さんがやっぱり離婚したいなら綺麗に別れられるようするつもりだから」

「え？」

「高嶺もね、一応名の知れた経済人だから、週刊誌とかにおもしろおかしく書かれると会社のダメージに繋がるんだ。だから極力円満に離婚を進めたかった。ごめんね、なにからなにまでこっちの都合で」

嫌味でもなんでもなく、本当に申し訳なさそうに、けれど天宮なりに正直に話してくれたことが莉央には驚きと同時に、嬉しかった。

それまで彼に対して抱いていた警戒心を緩める。

「いえ……。私だって、別に一方的に恨んでるわけじゃないんです。高嶺のお金で私の家族は助かりました。それは本当です。感謝しています」

「莉央さん……」

「母も助けてくれる人のおかげで自立すると言ってくれました。もちろん私もですけど……。ただ、この十年間、あなたたちにとって私はいないも同然だった。だからすぐに別れてくれると思ったんです……」

それから莉央は「なかなか全員の思い通りにはなりませんね」と、クスッと笑った。

その顔を見て、天宮は複雑な気分になる。正直言って、もっとなじられるかと思っていたのだ。『人生をめちゃくちゃにされた』と罵倒されても仕方ないと思っていた。

だが彼女はいろんなことを諦めて生きてきて、強く、人に心をさらけ出すのをやめてしまったのかもしれない。

結城莉央は、顔の造作が美しいだけの女性ではない。強い光の裏に濃い影がある。その多面性に高嶺は惹かれたのだろう。

(これはなかなか手ごわいんじゃないか、マサ……)

天宮はお茶の入った椀を手の中で回しながら、莉央を見つめていた。

「莉央、行ってくる」

シャワーから出て、派手なロゴTシャツにデニムジャケット、コットンパンツに着替えた高嶺は、キッチンにいる莉央の背後に回り込み、ぎゅうっと抱きしめる。

「だから、いきなり、そういうことしないでって！」

「わかった。次からはちゃんと抱きしめると宣言しよう」

「それも違います！」

　顔を真っ赤にして高嶺を押し返す莉央と真顔の高嶺を見て、天宮はくすりと笑う。

　確かに莉央は嫌がっているのだろうが、それは嫌悪というよりも恥ずかしさが大きいように見える。なにより、つい先ほど見た諦め顔の莉央よりも、顔を赤くして怒る莉央のほうがずっと魅力的だった。

「あの……これ、お夜食にでもしてください。サンドイッチ……作ってしまったので、お弁当……」

「莉央！」

「だからそういうのいりませんっ！」

　抱きすくめられそうになって逃げる彼女を見て、今さらながら、親友の初恋が報われたらいいなとも思ってしまう、複雑な天宮だった。

「なるべく早く帰る」と、後ろ髪を引かれながら出勤する高嶺と、そんな彼に呆れ気味な天宮を見送った莉央は、いつまでも熱が引かない頬を両手で押さえる。

（私、変だ……。困らせようと思っても困らされてばかり。だけど……高嶺といると、私、大きな声で自己主張ができる……）

もちろん、その自己主張は高嶺にどんどん言いくるめられてばかりなのだが。

「はぁ……どうしたらいいんだろう」

深いため息をつきながら台所を片付けていると、莉央のスマホが鳴る。着信は羽澄だった。

「羽澄？」

《お嬢様、お久しぶりです！》

電話の向こうの羽澄は、実家の税所家にいるという。莉央のサポートのために明日にでも東京に行こうと思っていたのだが、入院している祖父の体調があまりよくないので、もう少し京都に残ることを決めたという連絡だった。

《申し訳ありません。祖父も『姫様のところに戻れ』と言ってくれたんですけど、やっぱり心配で……》

「なに言ってるの、羽澄。そんなの当然よ……。私も戻れたらいいんだけど」

《ダメですよ。それこそ恐縮して寿命が縮みますから》

莉央のことを〝姫様〟と呼んでかわいがってくれた羽澄の祖父は、莉央にとっても大事な人だ。

「落ち着いたら顔を見せに行くと伝えて」

《わかりました。ところでお嬢様、ホテル暮らしにご不便はありませんか？》

羽澄の問いに、ギクリとした。

そういえば羽澄にはホテルを出て高嶺と同居していることは話していない。だが今それを話せば、羽澄は予定をすべて変更して東京に飛んでくるだろう。それだけは絶対に避けねばならない。

「大丈夫よ。なにも不自由ないから。ただちょっと私には立派すぎだったわね」

《なに言ってるんですか。お嬢様にふさわしいホテルを選んだだけですよ。ああ、でもお金の心配ならなさらないでください。羽澄はお嬢様が思う以上に稼いでおりますので》

「そうなの？」

《はい、ですからご心配なく》

電話の向こうで羽澄が胸を張る様子が目に浮かんだ。

羽澄は地元の国立大学を卒業後、結城家の雑務を一手に引き受けてはいるが、本業は家業の手伝いだ。それがうまくいっているのだろう。

だが彼の言う通り余裕があるとしても、人のお金で身分不相応に贅沢するのは気が引ける。

（あのホテル代、やっぱり羽澄のお金なんだ。ちゃんと返さなきゃ……画が売れたら、そのお金は一番に羽澄に渡そう）

「あと、設楽先生に写真をありがとう。大変だったでしょう？」

《いいえ、以前からきちんと分類しておりましたから、それほどの手間ではありませんでしたよ》

そうは言うが、どこに発表するでもない大量の画を分類して保管するなどなかなかできる話ではない。

「それでもありがとう、羽澄。助かりました」

すると電話の向こうの羽澄は、少し間を空けてから、穏やかな口調で言った。

《お嬢様……羽澄は……僕はお嬢様が幸せでいてくれるなら、それだけでいいんですよ。本当です。こう言ってはなんですが……お嬢様は僕の一番の宝物なんです。だからもう家のことは考えずに、自分の幸せを第一に考えてくださいね》

「羽澄……」

羽澄の優しい言葉が莉央の身にしみる。

「ありがとう」

危うく泣きそうになってしまったが、なんとか立て直し、もう一度お礼を言って、通話を終えた。

（羽澄はああ言ってくれたけど、自分の幸せってなんだろう。なにをどうしたら幸せって言えるんだろう……）

想定外の感情

その日の夜、「雑誌の取材が死ぬほど面倒だった」と疲れた様子で帰ってきた高嶺は、入ってくるなりキッチンで夕食の準備をする莉央を背後から抱きしめた。

「今日、なにしてたんだ」

「画を描いてました。今日、フラワーショップから届いたヒヤシンスです。本当に綺麗で……」

「見たい」

「えっ？」

「見せてくれ。莉央が描いたもの、全部見たい」

高嶺は莉央のこめかみあたりに顔を寄せてささやく。

子供のようにねだられて、少しばかり嬉しくもあり、なんだか恥ずかしくもなる莉央だが、やはり見せることへの羞恥が大きく勝った。

「お見せするものではないので……えっと、動けないので離してもらっていいですか」

やんわりと高嶺の腕をほどいて、お皿にロールキャベツをよそう。

高嶺は少し不満そうだったが、素直にそれに従い、莉央から離れてテーブルにつく。やっと自由になった莉央は、手際よく、高嶺の前に料理を並べた。

「いただきます」

小松さん以下だと注意を受けてから、高嶺はきちんと『いただきます』と口にするようになった。それから莉央をじっと見つめ、莉央が『召し上がれ』とうなずくと、高嶺はパッと嬉しそうに表情を輝かせるのだ。

（やっぱり高嶺って子供みたいだな……わかってるのかしら、自分があんな顔をしてるって）

莉央はなぜか頬に熱が集まるのを感じながら、美味しそうにロールキャベツを口に運ぶ高嶺に問いかけた。

「ところで、雑誌の取材ってどんなことをするんですか？」

「インタビューを受けて、写真を撮られる」

「そういえば今日髪がなんだかドレッシーかも」

スプーンを持ったまま、莉央は高嶺の髪を見つめた。

「表紙になるんだと」

「えっ？」

「たまにある」

「ええっ⁉」

アイドルでも俳優でもないのに雑誌の表紙になるというのはどういうことだろう。

莉央は思わず好奇心で言ってしまった。

「見たいです」

「……莉央の画と交換で見せる」

高嶺がニヤリと笑った。

墓穴を掘るというのはまさにこのことだろう。結局交換で見せることになってしまった。

風呂上がりの高嶺が、リビングのテーブルに画を広げた莉央の左隣に座る。

「これ、どうやって描いてるんだ」

彼が指をさしたのは、厚塗りで仕上げたアボカドを描いた一号サイズのパネルだった。

「これは、まずアボカドの緑の下塗りをしてから、画面全体に赤の下色を塗るの。で、水筆でアボカドの上だけ下色を拭うように取るの」

少し早口になってしまった。うまく説明できたかどうかはわからない。

だが勘のいい高嶺はそれで理解したようだ。

「ああ、だから全体的に赤くて、アボカドがぼうっと浮かんで見えるんだな」

至極真面目にうなずき、もっとよく見ようと莉央に身を寄せてきた。

「それっぽくゴツゴツしてる」

声が近い。

その瞬間、左側がカッと熱くなる。錯覚ではない。本当に熱いのだ。

（私、変なふうに意識してない？　これって高嶺の思う通りになってる……いや、そんなはずありません。これは錯覚です）

「えっと、これはね、胡粉《ごふん》を厚めに塗って、爪楊枝で刺してるの」

「なるほど。まさにアボカドの触感だな。日本画はガチガチに描き方が決まってるのかと思っていたが。ふぅん……おもしろいな」

高嶺は冷やかしでもなんでもなく、真面目に莉央の画を見ている。

見られるという行為は落ち着かない。莉央にとって見るという行為は己をさらけ出すことでもあるから。

高嶺がアボカドを食い入るように見ている間、莉央も負けじと高嶺の載った雑誌をパラパラとめくる。

経済誌と週刊誌、あと若い女性が対象のファッション雑誌まであった。格好は普段通りカジュアルだったり、おそらく衣裳なのだろう、びっくりするような派手な色使いのスーツだったりといろいろあるのだが、どれも驚くほどよく撮れていた。

精悍で男らしい高嶺の横顔は美しい。まるで幕末の志士のように、強い意志と生きる力に溢れて見える。

「あなたのこと描いてみたい……かも」

「は？」

「……えっ⁉」

驚いたように振り返る高嶺と、自分の発言に心臓が飛び出そうなくらい驚いた莉央の視線が合った。

「……ごめんなさい、私、人物は描かないの。ただなんとなく思っただけで……」

言い訳のような言葉が口をついて出たが、実際にただの言い訳だった。

「普段は人物を描かないのに、描きたくなったのか」

「そ、そうね……どうしてかな」

この話題を終わらせたいと思う莉央をよそに、高嶺はうつむく莉央の顔を覗き込んできた。

「莉央。俺は今、自分の理性と戦ってる」

「え？」

高嶺がそのまま甘えるように莉央の肩に頭をのせてささやく。

「お前がかわいいことを言うからつらい……」

自分も同じボディーソープ類を使っているはずなのだが、なぜか高嶺から嗅いだことのないようないい匂いがする気がした。胸の真ん中がぎゅうぎゅうと締めつけられて苦しい。

（もしかして、フェロモンでも出ているのでは……？）

そう、真面目に考えてしまうくらい、高嶺に惹きつけられる。

「つらいって……言われても困る」

（それなら私だってつらい。ドキドキして、苦しくて。わけがわからない）

「莉央、俺を見ろよ」

「なんで、そんなこと」

「いいから」

少し焦れたように言われて、莉央は自分の肩に頭をのせたままの高嶺にちらりと目線を向けた。

キラキラと輝いて、切なげに自分を見つめている青墨色の瞳とぶつかる。

莉央は自覚している。自分はこの目に弱いのだ、と。だから見てはいけないのだと、わかっている。

「画を見たいと言ったのは、莉央を知りたかったからだ。この頭の中でなにを考えているか、この目でなにを見ているのか、どうしても知りたかった」

莉央はこの男を無視することができない。

好きの反対は無関心だと言われる。知りたいと思うことは、もう好意なのだ。

「莉央、俺に見られるのは嫌か？」

「……っ、それは」

高嶺からまっすぐにぶつけられる好意が莉央には眩しかった。

本当に嫌なら逃げている。そもそも一緒に住んだりしない。一緒に食卓を囲むこともしない。

そうだ。そうなのだ。

百万回自分に言い訳したところで、結局自分がこの男に惹かれているのは事実なのだ。

「……画を見たいと言われたのは、ほんの少し嬉しかった。恥ずかしいけど……」

高嶺はもたれていた体を起こし、両手を莉央の肩にのせ、引き寄せる。

「絶対に無理強いはしない。だからもう少し、お前に触れさせてくれ……莉央をもっと感じたいんだ」

無意識なのだろうか。それとも自分の魅力をわかりきっての所業なのだろうか。

男っぽい声と、熱い眼差し。体温に、強く求められているのがわかる。

莉央は体を引き寄せられながらも、高嶺が自分を見つめる眼差しから目が逸らせない。

(夢みたい……頭がぼうっとする)

まるで高嶺という美酒に酔わされたような気分だ。

上体を反らすように、それでも彼の目を追いかけていると、

「莉央……」

高嶺は軽く体を曲げ、莉央の唇にそっとキスを落とした。

触れるだけの幼いキスに、陶酔《とうすい》に似た高揚感で全身が包まれる。

(怖い……こんなの私じゃないみたい)

莉央は震え、そして泣きたくなった。

そんな莉央を見て高嶺もまた、

「ああもう……」

切なげにため息をついて、莉央の体をきつく抱きしめる。

「もう一度、したい。いいか？」

体を離し、視線が絡み合うと、また引き寄せられるように唇が重なる。

今度はきつく唇の表面が吸われ、その後舌がなぞっていく。

「ん、んっ……」

高嶺から与えられる陶酔に莉央の震えが止まらなくなる。

そんな莉央をなだめるように、高嶺の手のひらが背中を撫でる。

そうやって、唇を合わせただけというにはあまりにも刺激が強すぎるキスを終えて、
高嶺はまた莉央を抱きしめる。

「ああ、苦しいな……そろそろ俺に抱かれてもいい気分にはならないのか？」

半ば冗談ぽく、けれど莉央の返答次第では即行動に移すに違いない高嶺の問いに、
莉央はハッと目を覚ました。

「そんな、馬鹿言わないでくださいっ……」

胸を押し返して、少しばかり距離をとったが、これで高嶺との心の距離は確実に、

一足飛びで縮まったのだと思うと、やはり動揺してしまう。

「ん、今日はここまでか……無理はしない。それに昨日よりは進歩したな……同意の上でキスしたし」

高嶺は上機嫌でくすりと笑って、立ち上がった。

「シャワー浴びてくる」

風呂上がりにシャワーを浴びる意味がわからないが、高嶺は肩をすくめ、莉央の頭をポンポンと叩くと、バスルームへと行ってしまった。

それ以上なにも言われなかったことに莉央はホッとした。

同意の上で。確かにそうだった。けれど同時に、今の気持ちを語れと言われたら、なんと答えていいかわからなかった。

(どうしてこの男なんだろう……。自分の人生を狂わせた元凶に、どうして惹かれてしまうんだろう)

莉央は震えながら、膝を引き寄せてうつむく。

このキスで、高嶺に惹かれてしまうことを受け入れるには、この十年はあまりにも重く長すぎた。

高嶺もそれがわかっているのだろう。決して今すぐ莉央から答えを引き出そうとしない態度に、莉央はまた彼の本気を感じて苦しくなった。

「莉央、おはよう。昨日はよく眠れたか？」

「……全然」

寝ぼけ眼をこすりながら莉央はキッチンで卵焼きをひっくり返す。

実際、目が冴えて一睡もできないまま朝を迎えてしまった。

そして一夜明けても、相変わらずどんな顔をしていいかわからない。

「あなたのせいですからね」

莉央はつっけんどんに返事をする。

本気で人のせいにしたいわけではないのだが、憎まれ口のひとつくらい叩いてもバチは当たらないだろう。

「そうか」

だがなぜか高嶺は楽しげに笑い、そのままシャワーを浴びに行ってしまった。

「ほんと、調子狂うんだから……」

届かないとわかっていても、ついそんな言葉がこぼれる。

本日の朝食は白いご飯と大根のお味噌汁、卵焼きにお浸しにした。

カウンターの上のメニューを見て、シャワーから戻ってきた高嶺は怪訝そうに眉をひそめた。

「そういやうちに炊飯器なんてあったか？」

「白米はお鍋で炊けるのよ」

「マジかよ……」

同じような会話をつい先日もしたような気がする。

高嶺は「莉央はすごいな」と実に真面目な表情で朝食を平らげた後、お弁当を受け取り、そのまま莉央をハグしてきた。

「今日は昨日より俺を愛してくれ。行ってくる」

耳元で響く高嶺の言葉に、ずきりと胸が痛んだ。

慣らされそうな気がした。このままなんとなく、高嶺から向けられる熱に、嵐のように巻き込まれて、流されるような気がした。

（怖い。自分がどうなるかわからない……）

プルルルル……。

高嶺を見送ってしばらくして、スマホが着信を知らせる。見れば設楽からだった。

「はい、莉央です」

《設楽です。画がすべて届きました。一応莉央にも確認してもらいたいんですが、今からアトリエに来られますか?》

「あっ、ありがとうございます! すぐに行きます!」

それは設楽のもとに京都から莉央の画が届いたという連絡だった。

莉央は急いで身支度を整え、設楽のアトリエへと向かうことにした。

彼に、『離婚後、一緒に海外へ行こう』と誘われたのはたった数日前のことだ。だが設楽はさすがに大人の男らしく、なにごともなかったかのように莉央をアトリエに招き入れた。

広いリビングには綺麗に莉央の画が並び、分類されている。

「あ、懐かしい……!」

莉央がこの十年書き溜めた画である。かなりの数だ。

思わず手にとって眺めていると、設楽がまた別に分けてあるほうを指さした。

「あれを個展用に選びました」

「……個展?」

「ええ」

設楽はにっこりと微笑んで、うなずく。

「それはあの、私の個展ということでしょうか」

「そうですよ。三カ月後です」

「三カ月後⁉」

「スケジュール的にはギリギリですが、ポートフォリオは羽澄君の写真でまったく問題ありません。あれこそ真の愛情の産物ですね。誰もあれ以上のものは作れないでしょう。あと、ギャラリーも私が信用するギャラリストのところですから」

「ちょっ、ちょっと待ってください、先生！」

思わず莉央は設楽に詰め寄っていた。

「先生が信頼なさっているようなギャラリーだと、数年前から予約でいっぱいなのではないですか？」

「それはもちろんそうですが、それこそなんとでもなるものですよ」

設楽は名刺とファイルを封筒に入れて、莉央に手渡す。

「こちらに詳しく書いてありますから、スケジュールを組み立てて、あとは一枚目玉になるような画を描いてみなさい」

「……はい。拝見します。ありがとうございます」

受け取った封筒はそう重くはないはずなのになぜかずっしりと重く感じた。

(三カ月後……三カ月後に私が個展?)

通常、個展というものは一年ほど前からスケジュールを組んで準備するものだ。あまりの展開の速さに、莉央は言葉を失う。

「緊張しているのですか?」

「……はい」

嘘をついても仕方ない。正直言って頭がついていかない。

素直にうなずいた。

「私のやることは強引に感じるでしょうね」

切れ長の涼しげな眼差しで、設楽は莉央をじっと見つめる。

「そんなことはないです。……ただ、なにからなにまで、先生にお世話になりっぱなしで……」

「いいのです。実際私は、一日でも早く、莉央を一人前にしたいと思っているのです。正直に言えば焦っているのでしょうね」

彼はどこか悲しげにくすりと笑い、それから莉央の頰に手を伸ばした。

「莉央、あなたの前では私もただの男になってしまう。私は根っからの絵描きだと思っていたから、そういう自分に腹が立つと同時に、おもしろくもある」

「おもしろい？」

「ええ。あなたに少年のように憧れている自分が。この気持ちを抱いたまま、思うように描いてみたいと思います」

ただの男と言いながら、やはり設楽は絵描きなのだ。息をするように筆をとり、望みはいい画を描くこと、それだけだ。

自分もそうありたいと思いながら、莉央は改めて礼を言い、設楽のアトリエを後にした。

バスの中でファイルの中に収められている個展に関する資料を読む。

『銀嶺堂《ぎんれいどう》』

創業百年を超える銀座にある老舗の画廊だ。展覧会歴を見ると現代美術を代表するような作家の名前ばかりである。設楽のアトリエがある元麻布からそう遠くない距離にある。

「とりあえずギャラリーにご挨拶に行ったほうがいいわよね」

莉央は銀座の百貨店で菓子を買い、地図を見ながら画廊へ向かうことにした。

百貨店が並ぶ大通りから海外の有名ブティックを通り過ぎる。落ち着いた路地に面したところに銀嶺堂はあった。そういった場所なのだろう、周囲を見渡せば、ギャラリーがいくつもあるようだった。

ちょうど中では陶器の展覧会をしている。芳名帳に名前と住所を書き、中を見て回る。

銀嶺堂は五階建てで、一階と二階がギャラリーになっているようだ。広々とした空間に品よく陶器が展示され、かなりの人で賑わっていた。

なんとなく、莉央も薄桃色の、手のひらより小さな筒のようなものを眺めていると、

「それはね、煙草入れなんですけど、吸わない人には香炉《こうろ》として使えばいいって勧めてるんですよ。俺の一番のお気に入り」

いきなり声をかけられた。振り返れば背後に、高嶺とそう変わらない年の男が立っていた。

「これはあなたの作品なんですか？」

「そうですよ。ここにはたまたま入ってくれたのかな。河合透《かわいとおる》といいます」

河合と名乗った陶芸家は、長身の、無精髭《ぶしょうひげ》にくせっ毛の、なかなか愛嬌《あいきょう》のある男だった。着慣れた感じのベージュのジャケットと薄手のグリーンのセーターにデニム

姿で、両手をポケットに突っ込んでいる。

「んー、いきなりですみません。どこかでお会いしました?」

「いえ、初めてだと思います……」

急に顔を覗き込まれて驚いた。基本人見知りなため、声が喉の奥に引っ込みそうになる。

「そうですか。まあ、こんな美人、どこかでお会いしてれば忘れるはずないんですけどね……いやでも本当に雰囲気のある人だなぁ……実に美しい」

「いえ、そんな……」

賛辞に慣れていない莉央は恐縮するばかりだが、河合がいつまでも不躾なまでにジロジロと見つめてくるので、周囲がなにごとかとふたりに目を向け始めてしまった。

画廊のオーナーに挨拶がしたくて来たのに、これでは悪目立ちしてしまうだけだ。挨拶どころではない。

「あの……すみません、失礼します」

頭を下げてその場から離れようとすると、

「あ、ごめんなさい。ちょっと待って。やっぱり俺、あなたのこと知ってるよ」

と、押しとどめられてしまった。

悪気はなさそうなのだが、いかんせん押しが強すぎる。莉央は戸惑いを覚えながら後ずさる。

「ですから私は」

「結城莉央さんですね」

そんなふたりのやりとりをどこかで目にしたのか、ほっそりとした黒いパンツスーツの女性が、割って入ってきた。

「初めまして。銀嶺堂を任されております、水森《みずもり》と申します」

身長は平均値の莉央より少し高いくらいだろうか。髪をベリーショートにした、三十代半ばくらいのシャープな雰囲気の美人である。

(この女性が銀嶺堂のオーナー？　もしかして芳名帳を見たのかな)

不思議に思いながらも頭を下げる。

「はい。初めまして、結城莉央と申します」

「あっ！　やっぱりそうだ！」

水森に頭を下げる莉央を見て、河合は腑《ふ》に落ちたと言わんばかりに、ぽんと手のひらを拳で叩いた。

「あなた、設楽先生のモデルさんだ！」

「はい？」

（先生はモデルを使って画は描かないはずだけど。いや、それ以前に私のことどうして知ってるの？）

　ポカンとする莉央に、河合はさらに迫ってきた。

「いやぁ、お目にかかれて光栄だよ。あなたも描く人だと噂に聞いていたけど、どんな画を描くのかなぁ。あ、俺の名刺渡してもいい？　一度ゆっくり話してみたいなぁ」

　ニコニコと笑う河合は本当に毒もなく、むしろ社会性溢れる男のように思えたが、とても、はい喜んでという気持ちにはなれなかった。

　そもそも一方的に知られているのは愉快なことではない。かといって強く嫌だとも言えない。

　返事に困っていると、水森はやんわりと河合を押しとどめた。

「今日は河合先生の個展なのですから、みなさん河合先生とお話しさせていただきたいと思っているはずですよ。さぁ、まいりましょう」

「ええっ、ちょっと水森ちゃん強引だね⁉」

　水森は河合をもといた輪の中心へと押しやると、すぐに戻ってきて莉央をやんわり壁際へと誘導する。

「申し訳ありません、騒がしくて。河合先生も天真爛漫な方で、悪気があるわけではないんですが」

「いいえ、わかります。私こそ急に来て申し訳ありませんでした。ご挨拶に伺いました」

そして莉央は持っていた菓子を紙袋から出し、差し出した。

「ご丁寧にありがとうございます。よろしければ後で少しお話しさせていただけますか。そうお待たせしないと思いますので」

「はい」

「では三階のカフェでお待ちください。すぐにまいります」

銀嶺堂は三階が喫茶店になっているらしい。莉央は水森にお礼を言って、三階の『caféGINREI』へと向かった。

鏡張りになっている三階からは、商業施設のビルや大きな街頭ビジョンが見える。

窓側に腰を下ろし、ミルクティを注文する。

特にやることもないので設楽に渡されたファイルを改めてじっくり読むことにした。

(私がここで個展……。できるかどうか悩んでも仕方ない。先生がくれたチャンスなんだから、やるしかないんだ)

一方、シブヤデジタルビルの最上階社長室で、高嶺は上機嫌で仕事をしていた。

今日の弁当は和食だった。素朴できちんとした手作りの味がした。

自分勝手な発想かもしれないが、莉央の思いやりを感じることができた。

彼女の手料理を食べるまで、なにを食べてもだいたい一緒だと思っていたことが信じられない。莉央の心の込もった料理を毎日食べ続けられたら、これほどの贅沢はないと本気で思う。

「今日もなんとかして早く帰るぞ……」

固く決意し、決済を必要とする書類やメールに目を通していると、ノックと同時に天宮が血相を変えて飛び込んできた。

「おい、マサ！」

「……なんだ、その顔。なにがあった」

「なにがあったとかじゃないよ、会社はまったく問題ないよ、だけど個人的には最悪だと思ってるよ」

天宮が憮然とした表情で、ＰＤＦを印刷した束をデスクの上にバサッと投げてよこす。

「なんだこれ」

長い足を邪魔そうに組んでいた高嶺は、束を手に取り、パラパラとめくる。

【初スクープ！　IT長者と美人女優の熱い夜！
国民的人気女優平田彩乃《ひらたあやの》（26）に初スキャンダル！　お相手はIT長者の高嶺正智氏（35）
高嶺氏はタカミネコミュニケーションズの創業者であり、マスコミでもたびたび騒がれるほどの美男子である。彩乃はすっかり高嶺氏の大人の魅力に夢中になっており、彼のマンションに連日通い詰めている……】

そんな文章とともに、男女がもつれるように腕を組み歩いているモノクロの写真が載っていた。

「なんだこれ」

「二度言わなくてもいい。俺こそ聞きたいよ、なにこれって。こんな大物女優に手を出すんじゃないよ、馬鹿！　遊ぶ時はプロ彼女だけにしろって言ってたでしょ⁉」

天宮は怒り心頭で高嶺を叱り飛ばすが、高嶺としては寝耳に水の出来事だった。

「いや待て。俺はこんな女知らないぞ」

「は？」

「女優だろ？　マジで知らない。今は莉央がいるし、その前は二週間くらい新規プロジェクト立ち上げで、一緒に徹夜で会社泊まり込んでただろ。通い詰められても俺はマンションにいない」

「……確かに」

「つか、このマンション見ろよ。生垣のへん、違うだろ。たぶん俺が去年住んでたところだ」

「ん？」

高嶺に理路整然と説明されて、珍しく頭に血が上っていた天宮は落ち着きを取り戻す。印刷物をじっと見つめて、「あーほんとだ」とうなずいた。

それからなにかに気づいたようだ。

「てかさ、この相手の男、チェリブプロの社長じゃない？」

写真の男のほうを指さした。

チェリブプロというのは同業他社の最大手、いわゆるライバル会社である。社長は高嶺より三つか四つ年上で、顔を何度も合わせたことがある。

天宮の言葉に高嶺もじっと男の姿を見つめた。

「確かに似てるな」

「あっちもデカイし、背格好似てるからな。間違われたかな……」

そこで天宮は、ハアッとため息をついた。

「女優のほうもさ、否定してくれたらいいのに、本命との仲バレたくないからか、イエスともノーとも言わずにしらばっくれてるんだよね……。とりあえずチェリプロに連絡してみる。ていうかこの記事、明日発売の週刊誌に載るんだよ。コンビニにはもうすぐ並ぶらしいけど」

「へぇ……」

「いや参ったね。とりあえず広報から出すコメント考えるか……」

天宮はうんうんと唸りながら、社長室を出ていく。

ひとり残された高嶺は、馬鹿馬鹿しいと思いながらも印刷された紙面を、そのままゴミ箱に放り込む。

そして他人に自分がどう思われようが、さして興味のない高嶺は、その記事のことを綺麗さっぱり忘れてしまったのだった。

「お待たせしました」

一時間も経たずに、水森がcaféGINREIに姿を現した。莉央の前に座り、ブレンドを注文する。

「河合先生、あなたのこと捜してらっしゃいましたよ。知らないとごまかしましたけど」

「お手数おかけします」

「どういたしまして」

くすりと笑う水森の手には、莉央のポートフォリオがある。

ポートフォリオとは、自分がどんな作品を作っているか知ってもらうための作品集のことだ。設楽が羽澄の写真をもとに作成し、事前に水森に渡していたらしい。

「設楽先生もお忙しいのに、こんなふうにあなたのために時間を割いてくださるのね」

パタンとファイルがテーブルに置かれる。その気配に少しばかり棘《とげ》を感じて、莉央は顔を上げた。

だが美しい銀嶺堂の女主人は特に敵意を向けるわけでもなく、運ばれてきたコーヒーカップを口元に運んでいる。

(今のは勘違い……なのかな。私、ピリピリしすぎているのかも)

莉央は気を取り直して軽く頭を下げた。

「先生にはなにからなにまでお世話になっています」

「あなたはとても美しいわね」

「えっ？」

唐突にぶつけられた言葉をどう受け止めていいかわからなかった。思わず目が丸くなる。

だが、水森はそんな莉央の戸惑いなど知ったことではないと言わんばかりに言葉を続けた。

「でも綺麗な女ならごまんといる。設楽先生のように世界で認められるような芸術家の周りには、それこそ砂糖に群がる蟻《あり》のように、集まってくる」

「……水森さん」

「でもあなたは違う。どこか影があって、自己主張もせず、おとなしそうで、思わず手を差し伸べたくなるような、そういうか弱さと同時に、絶対に、死んでも譲らないような熱いなにかがある。ロマンよね……。現実にはありえない、まさに理想の女」

水森はそう言って、莉央をまっすぐに見つめ返す。

「ねぇ……どうして画の中から出てきたの？」

憎しみをぶつけられたわけでもない。ただ本当に困ったことに直面して、どうして?と問われているような気がした。

「あなたは設楽先生の画の中だけに存在する、理想の女よ。現実の女からしたら、目障りで仕方ない」

そして水森は、ポケットから薄いタバコケースを取り出して、中に入っている煙草を一本唇に挟む。

「——意地悪ばかり言ってごめんなさいね。でもたぶん、あなたは日本画家として成功する。先生は私情だけで決して動いたりなさらないし……なにより断ってやる気満々だったのに、このポートフォリオを見たら、私だってやる気になったもの……」

細くタバコの煙がたなびく。

(この人は、設楽先生の恋人だったのだろうか……)

過去、師がどんな女性と付き合っているかなど考えたこともなかったが、この聡明そうな女性なら、なんとなく想像はつく。

だからといって謝る気にはなれなかった。それは設楽にも彼女にも失礼な気がしたからだ。

「私は、画を描きます。それだけです」

結局莉央が水森に言えるのはそれだけだった。

「……そうね」

彼女は納得したようにうなずき、そしてまた窓の外に目をやった。

「あら」

「どうしました？」

つられて莉央も、窓の外に目をやる。

道路を挟んだ向こうの商業施設の、大きな街頭ビジョンが目に入った。夕方のワイドショーの見出しなのか、センセーショナルな煽《あお》りコメントと一緒に流れている。

【IT長者と美人女優の熱い夜！　国民的人気女優平田彩乃に初スキャンダル！　お相手はIT界の帝王と呼ばれる高嶺正智氏！】

ぼんやりとであるが、写真まで出ている。そして通い愛だのなんだのテロップが出て、芸能レポーターが得意げに話している様子が見える。

すうっと体から血の気が引いた。見ている映像が信じられず、急に目の前が真っ白になる。

「高嶺さんね。以前、オフィスに飾る城田先生の画を買っていただいたわ。といっても選ばれたのは副社長の天宮さんですけど……莉央さん？」

「あ、はい」

「どうしたの、お顔が真っ白だけど」

水森は持っていたタバコの火を急いで消す。

「大丈夫です。もともと貧血持ちなので、時々あるんです。少し休めば治りますので。ご心配おかけして申し訳ありません」

持ち前の理性を総動員して、莉央はにっこりと微笑む。

「そう？　では私は戻りますね。ここに名刺を置いておきますから、なにかあったら二十四時間、いつでもかけてきてくださいね」

水森は伝票を持って立ち上がる。

「お世話になります」

莉央も立ち上がり、深々と頭を下げた。

それから――どれくらい経ったのだろう。水森がいなくなってからしばらくして、全身から力が抜けた。

なんの音も聞こえない。ただ、暑いような寒いような、変な感覚が全身を包んでいる。

椅子に崩れるように腰を下ろす。

まるで土砂降りの雨にでも降られたかのように、全身がひんやりして、重かった。

もう一度街頭ビジョンに目をやると、もう内容は変わっていて、司会者の女性が楽しげに料理を作っている。【料理は愛情！】と、テロップが流れる。

確かにそうだろう。

正直に言えば、高嶺が莉央の手作り料理を食べる姿を見るのは、楽しかった。

社会的に成功しているあの男が、他愛もないことで真面目に感心している姿を見ると、小さなプライドが満たされた。

莉央にとって料理は、実家で母を手伝って、祖母や父のために食事を作っていた頃から〝当たり前〟のことで、誰かにあんなふうに感謝されたことはなかったから、嬉しかったのだ。

（私、結構ちっちゃい性格してるんだな……）

じんわりと涙が浮かんだ。

ふらふらとバスに乗り、高嶺のマンションに戻る。気がつけば日はどっぷりと落ちていた。

一階でコンシェルジュから花を渡される。今日の分らしい。

白いトルコキキョウとグリーンのコントラストが鮮やかなアレンジメントだった。

「とても綺麗ですね」

顔なじみになったコンシェルジュの女性がにこりと微笑む。

「そうですね」

莉央も精一杯微笑んで、部屋へと戻った。

すると、まるで待ち構えていたかのようにスマホが鳴り始める。

心臓が跳ね上がった。

悲しいかな、高嶺の顔がまず一番に浮かんだが、着信は羽澄からだった。

「はい」

莉央は静かに電話に出る。

《お嬢様、今どこにいらっしゃるんです》

羽澄の第一声は、今まで聞いたことがないような怖い声をしていた。

ごまかせない。ここで嘘をついても、きっとすぐにバレる。

観念して答えた。

「高嶺のマンションにいます」

《……あいつも一緒ですか》

「いいえ、ひとりよ」

《すぐに出て、新幹線に乗ってください。京都駅に迎えに行きます》

「……でも」

《お嬢様！》

羽澄らしからぬ強い口調に、心臓がぎゅっと締めつけられる。

羽澄は怒っている。けれどそれは自分が彼の信頼を裏切ったからだ。

兄のように思っている羽澄を傷つけた。その事実に莉央は消え入りたいほど情けなくなった。

「わかりました。戻ります。新幹線に乗る前にまた連絡するわ」

通話を終えて、改めて部屋の中を見回した。

考えてみれば二週間程度しかいなかった。それでもなんとなく、この場所や、窓からの景色に莉央は親しみを覚えていた。

（あのキッチンで、ご飯を作った。あの寝室で、眠った。ソファで、写生した。高嶺と……キスした）

どんどん、目の前の景色の輪郭がにじんでいく。

「……っ」

ぽたぽたと流れる涙はそのままに、トランクに荷物を詰める。幸い荷物は少ない。あっという間に用意ができてしまった。

そしてコンシェルジュに連絡をして、タクシーを呼んでもらう。

ゴロゴロとトランクを引きずりながら一階へと下りると、コンシェルジュがトランクを抱えてタクシーへと運び入れた。

花を受け取ってからそれほど時間は経っていない。

「あの、大丈夫でございますか？」

コンシェルジュは、明らかに泣いた様子の莉央にかける、それ以上に適切な言葉が思いつかなかったようだ。

「はい、大丈夫ですよ」

莉央はいつものようににっこりと笑って、タクシーの運転手に、東京駅へ行ってもらうように告げる。

一刻も早く、ここから逃げたかった。

頭にあるのはそれだけだった。

逃げる妻、追いかける夫

いつもより少し遅い時間になってしまった。

高嶺はタクシーを降りて、マンションを見上げる。

こうやって見上げたところで部屋に明かりがついているかどうかなんてわからないが、それでもあの部屋に莉央がいると思うと胸がぎゅっと締めつけられて、嬉しくもあり、切なくもなる。

天宮には、また死ぬほど笑われるに違いないが、幸せとはこういうことなのだと、三十五年生きてきて、初めて実感していた。

エントランスに入ると同時に、珍しくコンシェルジュが駆け寄ってきた。

「あの、高嶺様。私がこういうことをお伝えするのは間違っているのかもしれませんが……奥様が、一時間ほど前に、出ていかれました」

「なに？」

「ご不在中に受け取ったお花をお渡しした時から少しご様子がおかしくて、気にはなったのですが」

「……わかった」

嫌な予感がする。首筋のあたりがざわざわとうごめく。

エレベーターに乗り込んで部屋まで戻る。高嶺が入ると同時に、自動で部屋の明かりが灯る。

「莉央！」

莉央の名前を呼び、ありとあらゆるところを捜した。

出ていったと聞いてもすぐには信じられずに、ベッドルームから浴室まで、広いリビングも、もしかしてテーブルの下で以前のように丸くなって眠っていないかと、這いつくばってその姿を捜した。それから次に、夕食の準備のためにちょっと買い物に出たのではないかと、メモや書き置きが残ってないかと、探し回った。

散々探して、けれどなにひとつ見つからず、呆然としかけたところで、ジャケットの内ポケットに入れていたスマホが震える。

そうだ、電話をかければよかったのだと今さら気づいたが、かけてきたのは天宮だった。

《マサ》

「莉央がいない！」

天宮がなにかを言う前に、思わず叫んでいた。
《は？》
「莉央が、いない……出かけて、帰ってきてない……らしい」
声が震える高嶺の様子をおかしいと思ったのか、電話の向こうの天宮がはっきりとした口調で言い放つ。
《荷物はどうなの？》
「荷物……わかった！」
さっきも見た、莉央が使っていたゲストルームに飛び込む。クローゼットを開けると、なにひとつ入っていない。全身からサーッと血の気が引く。
「トランクもない。なんでだ……」
なにをどうしていいかわからない高嶺は、莉央の部屋の真ん中で、所在なげに立ち尽くす。
《ああっ……もうっ！》
そんな気配を感じ取ったのか、明らかに苛立つ天宮が吠えるように叫んだ。
《マサ、奥方様にちゃんと説明した!?》
「は？　説明？」

《わかんないの？　あのクソみたいな記事だよ、嘘百パーセントだけど、マサが説明しなきゃ奥方様信じちゃうでしょ！》

「……………」

天宮の声は確かに聞こえているのに、恐ろしく遠い。

《おい、しっかりしろ！　お前の人より速く回転する悪魔的な脳みそは飾りか⁉》

「わっ、悪い、聞こえてる」

天宮に叱責されて、ようやく高嶺の頭が回転し始めた。

（莉央があのでたらめな記事を信じた？　信じて、出ていった？）

《説明も聞かずに出ていく奥方様も奥方様だけど……まぁ、それだけショックだったんだろうね。もう少しで粘り勝ちできたようなこのタイミングで……ほんとお前はどうしようもない馬鹿だね》

天宮は何度も〝馬鹿〟と繰り返すが、高嶺は意味がわからない。

「翔平、俺にわかるように説明しろよ……」

思わずすがるような声になってしまったが、仕方ない。そこにいるのはＩＴ界の帝王、タカミネコミュニケーションズのＣＥＯではなく、妻に逃げられたただのひとりの男だった。

《だからさ、マサは商売においては天才だけど、人の気持ちを想像する能力に決定的に欠けてるんだよ。俺は付き合い長いからわかるけど、普通はこれ、揉める種にしかならないの。たとえ嘘八百でお前にとってはどうでもいい話でも、お前に関わる人にはどうでもよくない話なんだよ。だからお前には、莉央さんにすぐ説明する義務があったの》

「すぐ……？」

《そう。普通は傷つくんだよ。マサ……だから莉央さんはいなくなったんだ》

まるで子供に言い聞かせるような声で、天宮はため息をついた。

彼にとって高嶺は二十年来の親友で、常に圧倒される存在ではあったが、時折見せる、こういう危うさに関しては、保護者のような気持ちになる。

「ということは、また俺は莉央を傷つけたのか」

《そうだね》

そこでようやくすべてを理解した高嶺の頭は真っ白になる。じっとりと全身に変な汗が噴き出てくる。

傷つけたくない、手の中の珠のような存在の莉央を自分が傷つけたのだ。

《とりあえず電話してみな。で、誤解だって話して、迎えに行く》

「わかった……」

高嶺は通話を切った後、ため息をついてその場にしゃがみ込んでいた。

涙など出ないが、自分の馬鹿さ加減に泣きたい気分だった。

そもそも異性に対してこんな気持ちになったのは生まれて初めてで、トライアンドエラーで距離を縮めようとしているのに、こうやって取り返しのつかないような失敗をしてしまう。仕事なら生きている限り何度でも挽回できるのに、誰よりも愛おしいと思う莉央の気持ちは挽回できる気がしない。

「……莉央、出てくれ……」

すがるような気持ちで莉央に電話をかける。だが電波が届かないという無機質なガイダンスが聞こえてきて、絶望的な気分になった。

やがてガイダンスが留守番電話に切り替わる。話し中にならないということは、着信拒否されているわけではないということだ。

電話をかけるのもおっかなびっくりという莉央が着信拒否という機能を使いこなせていないだけかもしれないが、それでも今の高嶺には唯一の希望だった。

「莉央、どこにいるんだ。話がしたい。あの記事のことだが、あれは全部嘘で、あの男は俺じゃない。同業他社の知り合いだ。女優とは会ったこともない。だから……

帰ってきてくれ」

一度吹き込んだが、五分もしないうちにまた電話をかける。

留守電にいくら吹き込んでも、莉央がそれを聞くという保証はない。不安だった。

「……莉央。今どこにいる？　迎えに行く。ちゃんと顔を見て話がしたい」

「莉央、留守電を聞いてくれてるんだろうか。俺はこの報道が世間に出ると聞いた時、どうでもよかった。他人にどう思われようが、自分の価値は自分で決めると思っていた。だが天宮に……お前は馬鹿だと言われた。莉央の気持ちを考えろと。お前がどうでもよくても、どうでもよくないと感じる人がいるんだと……」

「莉央、謝りたい。すぐに許してはもらえないかもしれないが……」

「顔が見たい……お前に触れたい」

「莉央、どこにも行かないでくれ……！」

高嶺は一切言葉を飾らず、ありのままの本心で謝罪し、繰り返し留守番電話に莉央への思いを吹き込み続けていた。

新幹線が京都駅のホームに滑り込む。

三時間弱で見慣れた景色が飛び込んできて、ホッとするような悲しいような、東京にいたこと自体まるで夢でも見ているような気分になった。

新幹線から降りてトランクを引くと、そのトランクがひょいっと莉央の手を離れ軽くなった。顔を上げると、羽澄だった。ホームまで迎えに来てくれていたのだ。

「羽澄……」

迎えに来てもらってなんだが、合わせる顔がない。

仕事帰りなのだろうか。スーツ姿の羽澄は、立ち止まる莉央の前に回り込み、肩に手をのせた。

「なんて顔なさってるんです」

「ごめんなさい……」

「謝ることなんてないんですよ」

「でも……嘘をついていたから。ごめんなさい」

莉央は深々と頭を下げた。

すると羽澄は軽い調子で、肩をすくめる。

「まぁ、テレビ見てひっくり返りそうになりましたし、慌ててホテルに電話したらお嬢様はいないし、羽澄の心臓は止まりそうでしたけどね〜」

莉央の気持ちを軽くしようと、わざと明るく振る舞っているのだ。それがわかるから余計つらい。

「ごめんね」

「いいんです。車で来ていますので、さ、行きましょう」

「うん……」

莉央のトランクを引き歩き始める羽澄だが、ふと思い立ったように肩越しに振り返り、後ろをトボトボと歩く莉央に、もう一方の手を差し出す。

「はい、お嬢様」

「うん？」

「人が多いですからね。手を繋ぎましょう」

幼い頃、莉央はお屋敷に遊びに来ていた羽澄にべったりだった。どこに行くにも羽澄と手を繋いで、男の子の遊びに交じっていた。羽澄だって本当は、男の子同士で遊びたかったはずなのだが、莉央を邪険にすることは一度もなかった。

この手を握ってさえいれば、安心できたのだ。

少し恥ずかしかったけれど、今日だけは子供の頃のように甘えても許してもらえるかもしれない。

「ありがとう、羽澄」

泣きそうになるのをなんとかこらえ、気力を振り絞って手を繋ぐ。

「羽澄はなにがあっても、お嬢様の味方です」

繋いだ手に、力がこもった。


車の後部座席のトランクに荷物を乗せ、助手席に乗り込む。かすかに羽澄が使っている香水の匂いがして、改めて京都へ帰ってきたのだと実感した。

「お嬢様、後部座席でなくていいのですか」

「うん」

「もう遅いので、今夜は我が家に泊まってください。少し寝ていてもいいですよ」

「うん……ごめんね」

さすがに日付が変わる前のこんな時間に、実家に戻るのは気が引ける。母をあまり心配させたくない。

駐車場をゆっくり車が出ていく。

眠くはないけれど、莉央は目を閉じた。

税所家があるのは、結城家とそう離れていない下鴨《しもがも》の端にある高層マンションだ。

彼らの新しい住まいに来るのは初めてだった。昔の家屋敷は売ってしまったらしい。

「高く売れましたよ。ふふっ」

地下の駐車場に車を入れ、荷物を出す。

「そういえば、税所は不動産業をしているんだよね」

「ええ。祖父の代から細々と始めたんですけどね。バブルもリーマンショックも華麗にかわしてそれなりに」

駐車場から直結のエレベーターに乗り込む。羽澄がカードを通し、最上階のボタンを押す。エレベーターが到着し、開くとそこはすでに玄関フロアだった。

「最上階とそのひとつ下のフロアに住んでいます。下のフロアが両親と祖父の居住区で、上が俺たち兄弟なんですけど、今は俺と姉さんだけですよ」

「小松さんは？」

「小松さんも両親と一緒です。明日会えますよ」

賢いチワワの小松さんは自分のことを覚えてくれているだろうか。

そこでふと、待てができる小松さんと張り合った高嶺のことを思い出した。子供のような顔で、自慢げだった。

その笑顔が胸をサッとよぎるだけで、切りつけられたように苦しくなる。

ちょっとしたことでこうやって思い出してしまうのは、彼の存在が莉央の人生の大半を占めているからだ。よくも悪くも。

（あの人のことを考えたくない……）

莉央は唇を噛みしめ、羽澄の後をついて歩く。

羽澄が大きなドアをカードキーで開けると、

「莉央ちゃま～！」

巻き髪を揺らして、タンクトップにスエットパンツ姿の、長身のセクシー美女が飛びついてきた。

「わわっ⁉」

かなりの勢いで飛びかかられたのでよろめいた。強い力で抱きしめられて、かかとが持ち上がる。

「あーん、莉央ちゃま久しぶりぃ！　ほっぺたツルツルぅ～！」

「こらー！」

羽澄が後ろから、莉央に頬ずりする長身美女を引き剥がす。すると彼女は後ろ回し蹴りで羽澄の頭部を狙う。

「羽澄っ、空気読めよオラッ！」

顔の前で腕を十字に組み、攻撃を受け流す羽澄に、美女が激しいパンチのラッシュを繰り出す。

「くっ！」

「玲子《れいこ》ちゃん、落ち着いて！」

攻撃を苦痛の表情で受け止める羽澄の前に莉央が回り込むと、玲子と呼ばれた美女は、ピタリとその手を止めた。

「そうね、莉央ちゃまとの時間が減っちゃうもん」

彼女は税所玲子。バツイチ元ヤンの現ニートで、羽澄のひとつ年上の姉である。男兄弟の多い税所家で唯一の娘であり、暴君でもあるが、莉央のことは実の妹のようにかわいがっていた。

「莉央ちゃま、お腹空いてなぁい？」

羽澄に対する時とは大違いの優しい声で、玲子は莉央の顔を覗き込む。

「はい、大丈夫です」

「ん～、莉央ちゃまはつらい時でも大丈夫って笑うからなぁ。よしよし、シャワー浴びておいで。フルーツジュース作ってあげるからね。それ飲んで今日は寝ようね。あ、今日は私の部屋で寝るのよ。一緒のベッドよ～ウフフッ！」

怒濤《どとう》の勢いで玲子はキッチンへと向かう。

「お嬢様、騒がしい姉ですが、あれでもいないよりはマシでしょう。気が紛れます」

「ちょっと、聞こえてるわよ！」

「オニババですね、地獄耳です。怖い怖い」

羽澄の軽口に莉央はくすりと笑う。

最上階フロアはメゾネットになっていて、下階にキッチンとリビングダイニング、上階に寝室とバスルームがあった。

軽くシャワーを浴びて玲子の柔らかいコットンのパジャマを借り、リビングに下りると、アイランドキッチンにもたれるようにして、羽澄と玲子が顔を寄せて話をしている。

「……で、調べたんだけど……」

「ん……なるほどな」

「シャワーありがとうございます」

声をかけると、ふたりがハッと顔を上げて離れる。なにかを話し合っていたようだが、莉央に聞かせるつもりはないらしい。

「はっ、莉央ちゃまの濡髪セクシー！」

「お嬢様、早く乾かさないと風邪をひきます」

バタバタとふたりが莉央を取り囲んでソファに座らせる。

玲子は作りたてのいちごとバナナのミックスジュースをグラスにストローをさして渡し、羽澄はドライヤーをかけ始めた。

「羽澄、自分でできるから……」

「お嬢様は案外適当なところがあるので、ちゃんと乾かさないと」

丁寧なブローで莉央の髪がサラサラつやつやと乾いていく。

「そういって莉央ちゃまに触りたいだけじゃん。このムッツリすけべー」

「なっ、姉さん、やめてくれるかそういうの！　俺は純粋にお嬢様の下僕《げぼく》だっつーの！」

「げっ、下僕⁉」

嘘とも思えない声色の羽澄の言葉に、莉央は目を丸くするが、羽澄はキリッと真面目な顔をしてうなずいた。

「そのつもりでお仕えしています」

「重っ……ある意味普通の男より重っ！」

玲子は唖然としながら、ぽかんとしている莉央をぎゅっと抱きしめる。

「まぁ、要するにあれよ。百年前みたいな主従関係はなくても、私たちは好きで莉央ちゃまのそばにいるのよ。だから好意には甘えればいいの」

「……はい。ごめんなさい。ありがとう」

泣きそうなのをこらえて、莉央は笑う。

ジュースを飲んで、歯磨きをして、本当に玲子と同じベッドで眠ることになった。といってもベッドはキングサイズなので、ふたりで横になっても十分広い。

玲子がシャワーを浴びている間、荷物を整理する。

ふと、スマホの充電をしていなかったことを思い出し、なにげなく手に取った。

「……あ」

大変な数の着信が残っている。恐る恐る不在着信を確認してみれば、すべて高嶺だ。

「どうして……」

胸がぎゅっと締めつけられ、苦しくなった。

いったいなんの用事があって彼は自分に電話をかけてくるのだろう。自分はいらない人間ではなかったのか。

もちろん、莉央だってこの十年、高嶺が誰とも関係がなかったとは思っていない。彼に激しい嫌悪感を抱いていた自分ですら、このざまなのだ。タカミネコミュニケーションズのCEOとして精力的に働いている彼は、当然異性には魅力的に映るに違いない。だからこそ、あの突然降って湧いたような報道に、自分も通り過ぎるだけの人間なのだと思い知らされたのだ。

高嶺から向けられる自分への熱が、すべて偽物だと思っているわけではない。キスも。莉央を抱き寄せる時にかすかに震える大きな手も。『莉央が欲しい』とささやいた、あの熱っぽい声も。あの時はそう思ったのだろう。

けれど所詮それは一過性のものなのだ。そんな儚《はかな》いものをどうして信じられる？

ゆっくりと、恐る恐る、一番最後の留守電を再生させる。

《莉央……どこにも行かないでくれっ！》

耳元で響いたのは、熱っぽく、すべてを莉央に投げ出すような哀願。

「……っ……」

莉央は恐ろしくなって、とっさにスマホの電源を落とす。

この声を聞いてはダメだ。聞けば揺れる。

いや、もう揺れている。みっともなく、心を揺さぶられている。

「グスッ……」

頬を流れる涙をゴシゴシと手の甲で拭う。スマホはヘッドボードの上に置き、布団の中に潜り込んだ。

しばらくすると、

「あー、莉央ちゃまと寝るなんて久しぶりねぇ」

陽気な声とともに玲子が入ってきて、ベッドの端に腰を下ろす。ギシッとベッドが揺れたが、泣いているところを見られたくなくて、莉央はそのまま寝たふりをした。

「莉央ちゃま、寝ちゃった？」

玲子の手が、布団の端から出ている莉央の頭を、優しく撫でる。

「ねぇ、莉央ちゃま。これは独り言だけど……。莉央ちゃまはすぐごめんなさいって言うけど、謝らなくていいのよ。もし莉央ちゃまが傷つく自分を恥じているのなら、恥じる必要はないのよ。傷つくのは莉央ちゃまの心がとっても柔らかいから……。だけどそうやって傷ついて、人の痛みがわかる優しさを持てたら……莉央ちゃまは今よりもっと強くなれると思う。なにをするにも遅いなんてことないんだから、諦めないでほしいな」

そして玲子はそのまま布団に潜り込む。

莉央は声を押し殺しながら、また泣いた。

けれどそれは悲しみの涙ではなかった。人の温かさに触れた、嬉し涙だった。

翌朝、身支度を整えてから、莉央は下のフロアの税所家に挨拶に行き、小松さんを含め家族の全員から熱烈歓迎を受けた。

離婚届を夫に渡したこと、設楽の後押しもあって日本画家として頑張ろうと思っていることもすべて話した。

「いきなりは難しいかもしれませんが、お嬢様はもう自由なのですよ。ご自分の思うように、お嬢様らしい生き方を選んでください」

いつもは無口で寡黙《かもく》な羽澄の父は、それだけ言ってにっこりと笑ってくれた。

「ありがとうございます」

（私らしくかぁ……。私らしく……）

自分らしくとはいったいどんなものなのだろう。

今まで家のためだけに生きてきた莉央である。自分のためと言われても、よくわからない。

礼を言って上の階へと戻ると、玲子がバタバタとスーツに着替えているところに遭遇した。

「玲子ちゃん、どうしたの？」

「あ、就職の面談受けに行くところなんだけど、莉央ちゃま少し頼まれてくれないかな？　そこ、テーブルの上に封筒あるでしょ。それ、うちの会社に持っていってほしいんだ。羽澄忘れていっちゃって～」

「わかりました」

「ごめんね、急に。住所のメモもそこに置いてあるからね。じゃあ面接行ってきます！そのカードキーは莉央ちゃまのスペアだから持って出てね～！」

「はい、頑張ってください！」

玲子を送り出し、残されたメモに目を通す。住所は烏丸通《からすまどおり》だ。

さっそく向かうことにした。


「ここが……？」

莉央は呆然とビルを見上げる。

七階建ての焦げ茶色のビルは古めかしく威厳があり、しかも自社ビルだった。主家であった結城家を凌駕《りょうが》する繁栄ぶりだ。莉央は今さらながら、結城家が本当に多くの人の善意に支えられていたことを思い知った。

受付の女性に声をかけると、すぐに羽澄が血相を変えて駆け下りてきた。エレベーターがあるのに階段でである。

「羽澄、これ忘れ物」

「おっ、お嬢様、申し訳ございません！」

封筒を差し出すと、羽澄はハハーッと両手でうやうやしく受け取る。

どうやらいつもはクールな美青年を通しているらしい。受付の女の子が目を丸くして羽澄を凝視しているが、羽澄はまったく気にしていないようだ。

「あの、お嬢様。今、携帯はお持ちですか？」

「……あっ、そういえばヘッドボードの上に置きっぱなしだったわ。もしかしてかけてくれた？」

長い間携帯を持ち歩く習慣がなかったので、つい忘れがちになってしまう。

「いえ、そういうわけでは……えっとお嬢様、少し早いのですがご一緒にランチでもいかがですか？」

「そうね……」

時計を見ると十一時だ。確かに昼食には少し早いが、せっかく羽澄が誘ってくれたのを断る理由もない。

「じゃあ行こうかな」

「よかった。近くに美味しいパスタのお店があるんですよ」

莉央がうなずくと、ホッとしたように羽澄が息を漏らす。

その顔を見て、違和感を覚えた。どこか様子がおかしい気がした。

「羽澄？」

「いえ、なんでもありません。ではこれを置いてまいりますのでお待ちください」

羽澄は封筒をひらひらさせると、今度はエレベーターに乗って戻っていく。

とりあえず羽澄が戻ってくるのを待とうと、莉央は受付のソファに腰を下ろし、ぼうっと外を眺めていた。

高嶺は今頃なにをしているんだろう。

朝、もしかしたらワイドショーで報道されているのではないかと思ったのだが、とても見る気にはなれなかった。

(逃げたところで解決するわけではないのに……)

けれどあのまま高嶺のもとにいることもできない。

莉央はハアッとため息をついて、羽澄はまだかと背後のエレベーターを振り返った。

その時、

「莉央っ！」

よく通る男の声が、莉央を呼んだ。

全身に電流が流れるような衝撃を受ける。

声のした方向を振り返ると、エントランスの外にタクシーから飛び降りる高嶺がいた。

「う、そ……」

ただそこに立っているだけで存在感がある、光を放つような男だ。見間違いようがない。

さあっと全身から血の気が引く。とっさに莉央は立ち上がり、エレベーターへと駆け出していた。

二機あるエレベーターのひとつがタイミングよく無人で開く。なにも考えず飛び乗って、最上階を押した。

「莉央っ！」

追いかけてくる高嶺の指は閉まるドアに届かない。ぴしゃりと閉じて、上昇を始める。

ドクン……ドクン……。

心臓が壊れそうなくらい鼓動を繰り返す。

莉央はよろよろとエレベーターの壁にもたれ、口元を両手で押さえた。

「嘘でしょ……」

(夢? これはもしかしてものすごく明晰《めいせき》な夢なの⁉)

自分を追いかけてくる暇などあるはずがない……。京都まで来るはずがない。なにしろとても忙しい男なのだ。

(だけど、来た……私を追いかけて)

激しい混乱の中、エレベーターが最上階に到着する。とりあえず降りてみれば、羽澄がいるはずのフロアではなく、資料室や会議室が並ぶ、無人のフロアだった。キョロキョロと見回すとドアがある。ドアノブを回すと、ザアッと強い風が吹き込んできた。そこは屋上だった。

行き止まりだけれど、もう後戻りはできない。そのままふらふらと何歩か歩いたところで、後ろから腕をつかまれた。

「莉央……っ」

つかまれた腕が熱い。

振り返ると、ゼェゼェと肩で息をしている高嶺と視線がぶつかった。

もしかして七階まで走ってきたのだろうか。エレベーターで上がってきた自分とそう変わらない速さでここまで駆け上がってくるとは、思わなかった。

「……留守電、全部聞いたか？」

全部は聞いていない。だから首を振った。

それでもたったひとつだけ聞いた『どこにも行かないでくれ』という声だけ、強く莉央の中で響いている。

「あの報道は全部嘘だ」

「嘘……写真もあるのに」

なんとか絞り出した声は震えていた。

それを聞いて高嶺は慌てたように首を振った。

「あれは別のＩＴ企業の社長。俺じゃない。それに写真を撮られたあのマンションは、去年俺が住んでたところだ。年齢や年格好が近いせいで、俺と間違われたんだと思う」

「………………」

（全部嘘？　でも……）

無言で高嶺を見つめる莉央の頭の中は混乱していた。

だが高嶺は莉央の無言が怖いようで、莉央の腕から手を離し、肩をつかんで顔を近づける。

「莉央、すまない。報道されると聞いてすぐに説明するべきだった。俺が無神経だった。こんなにお前を傷つけるとは思わなかった」

「…………」

「頼む、なんとか言ってくれないか……頼むから……」

高嶺は、ずるずるとその場に崩れ、膝をついた。

今さら気づいたが高嶺はスーツを着ていた。濃いグレーの仕立てのいい揃いのスーツだ。普段彼はこんな格好はしない。

もしかして撮影でもあったのだろうか。京都に来たのは、自分に会うためではなく、ついでだったのだろうか。

「服が汚れちゃう……」

そんなことを考えていたせいか、莉央は的外れな言葉しか口に出せなかった。

その瞬間、ひざまずいたままの高嶺はひどく傷ついた顔をした。

「莉央……俺はもう信じられないか」

「……だって」

喉の奥がぎゅうっと締めつけられる。

このまま口を開けば、自分を支えていた価値観が崩れ去る予感がした。

けれど莉央は、高嶺の前では取り繕えない。自分が抱えている真実をさらけ出さないわけにはいかない。

「これから先の未来、こんなことがないってどうして言えるの……」

「なに？」

「だからっ……今までずっと私のこと無視してきたあなたが、明日も私のこと思ってる保証がどこにあるの……！」

莉央は震えながら、高嶺の手をつかんで自分から引き剥がす。

強い力ではないが、莉央の拒絶を感じて、高嶺はなすすべがない。振りほどかれた腕が、だらんと下がった。

「もう……無視されるのも、あなたの一方的な思惑に巻き込まれるのも、嫌なの……っ！　自分ひとりの足で立てないまま、あなたに頼って、あなただけを見つめて自分を見失うくらいなら……ひとりのほうがずっといいっ！」

叫んだ瞬間、莉央は自分の言葉に打ちのめされた。心の叫びに、本心に気づかされた。

そうだ。そうなのだ。私らしくというのは、そういうことなのだ。

ひとりの人間として認められたい。私はずっと、そうやって生きたかったのだ。

「……っ！」

莉央の目から大粒の涙が溢れた。ポロポロと真珠のような涙が澄んだ瞳からこぼれ落ちる。

莉央は思う。驚いたようにひざまずいたまま自分を見上げるこの男に、自分はどんなふうに映っているのだろうか。十年間お人形だと思っていた女の思わぬ反乱に、きっと彼の熱は冷めてしまうだろう。

けれど莉央は目を見開いたまま、唇をきつく噛みしめ、高嶺を見下ろした。目を逸らさずに。

私はあなたが好き。好きよ。好きじゃなければこんなに傷つかない。

だけど私は、自分の足で立ちたい。

画の中の女はもういない。もうお人形には戻れないのよ！

「莉央」

どれくらい時間が経ったのか……。莉央と視線が絡み合ったままの高嶺は、怒るでも悲しむでもなく、その切れ長の瞳を輝かせて、艶やかに微笑む。

「捕まえて抱きしめてもすり抜ける。それでも逃げるお前を、俺は追わずにはいられない……なんて女なんだ、お前は」

そして立ち上がると、力強い足取りで、なにもない屋上の端へと向かって歩いていく。

なにしろ年季の入ったビルだ。金網などない。そのまま直進すれば落ちてしまうかもしれない。

けれど高嶺は、眼下を見下ろすようにビルの端に立った。着ていたスーツの上着が、風に煽られてハタハタとたなびく。足を一歩でも踏み出せば、真っ逆さまに落ちてしまうだろう。

どうしてそんなことをするのだ。背筋がゾッとした。

「高嶺さんっ！」

驚いて駆け寄ろうとすると、高嶺は肩越しに振り返って軽く首を横に振る。

「莉央。お前が死ねというなら死んでやる」

「なっ……なに、言ってるの⁉」

自分はついさっき、この男に信用できないと、ひどいことを言ったのに。ひとりのほうがマシだと拒絶したのに。なぜ自分のためにそんなことをするのかわからない。

「明日が信じられないというのなら、俺は今日も明日もお前に誓う。目が覚めて、夜眠るまでの間も、夢の中でも、お前を愛していると、自分の命よりも大事だと誓う。だからその証に、今日、お前が死ねというならここから飛び降りて死んでみせる」

そして高嶺は、ゆっくりと莉央に向き合った。

ほんの少し風に煽られたら、彼はそのまま落ちてしまうだろう。

「危ないわ、やめてっ！」

びゅうびゅうと強い風が吹く。

たった数メートル先にいる彼の、初めて見る正装が、まるで死装束《しにしょうぞく》のように見えた。

「莉央。お前は俺を見なくてもいい。振り返らなくてもいい。俺がお前を見つめている。そしてお前が見ている先を見る。お前は誰のものでもない。モノじゃないんだ。自由だ」

強風が吹く。

莉央の髪がたなびいて、一瞬視界から高嶺が消えた。

「正智さんっ！」

気がついたら莉央は走っていた。無我夢中で高嶺に手を伸ばし、つかみ、コンクリートの上にもつれるように転がっていた。

全身があちこちにぶつかって、衝撃が走る。

（痛く……ない？）

恐る恐る目を開ければ、莉央は高嶺の体の上に馬乗りになっていた。

「莉央、怪我はないか⁉」

上半身を起こした高嶺が、心配そうに莉央の頬に手をやり、腕や肩に触れる。

死にそうになっていたのは彼だというのに、このやり取りはなんなのだろう。

「おっ……おどかさないでよ、あなた馬鹿なの⁉　頭おかしいわよ！」

莉央は怒りのあまりガタガタと震えていた。両手で高嶺の胸倉をつかみ、揺さぶった。

「まぁ、そうだな……。でも驚かせるつもりはなかった。悪い」

「悪いで済まないわよっ、馬鹿！」

その瞬間、莉央は生まれて初めて、人に本気で手を上げた。一瞬ためらったが、怒りが勝った。振り上げられた手はそのまま拳の形に握りしめられ、高嶺の頭の上に振り下ろされる。

「いてぇっ！」

ごつんと激しい音が辺りに響き、高嶺が悲鳴をあげた。

「痛いじゃないわよ、落ちたら死んでたかもしれないのよ！」

「まぁ……落ちないつもりだったぞ。本当に落ちたら莉央を未亡人にしてしまうしな」

真顔で言われて、一気に力が抜けそうになる。

未亡人とは、この期に及んでなにを言うのか……。

唖然とする莉央だが、怒りは収まらない。

「つもりだったって、やっぱり馬鹿！」

「あっ！」

「なに⁉」

「そういえば初めて名前を呼んだな……正智と。嬉しかった」

その瞬間、また高嶺は実に幸せそうに笑い、そして莉央を見て眩しそうに目を細める。

死にそうになったのに、なぜこの男は名前を呼ばれただけで、幸せそうに微笑むのだ。

「なっ……なんなのよ、もうっ……もうっ……！」

こんな簡単に許してはいけないと思ったのに、爆発しそうだった怒りが急速に鎮まっていく。

この男はおかしい。人の迷惑を顧《かえり》みず、世間一般の常識を軽々と飛び越えて度肝を抜く。とんだ俺様で、迷惑極まりない。

けれど……。

「馬鹿よ、本当に……あんなこと、してっ……」

気が抜けたのか、今度は安堵の涙がこぼれる。

「莉央。とりあえず今日の昼の分。愛してる」

「馬鹿っ……もうっ……怖いもの知らずにもほどがあるでしょっ！」

頭の上に振り下ろした拳を、今度は胸に叩きつけた。

「明日が怖くて恋ができるか。そんな気分だ」

けれど高嶺は莉央の腰の後ろに両手を回し、ぎゅっと組むと、おでこをコツンと触れ合わせ目を閉じる。

「莉央……会えてよかった」

「……私も」

「ん？」

「私も……そう思う」

もう他に言うことはなかった。そのまま高嶺の胸に体を預け、目を閉じる。

この時莉央は、唇を重ねなくても、目を見なくても、高嶺と深いところで繋がったような気がしたのだ。

一歩ずつ

屋上を転がったせいでヨレヨレになったふたりは、お互いの洋服のゴミを手のひらで払いながら見つめ合う。

高嶺の眼差しは温かく美しかった。

（やっぱり私、いつかこの人を描いてみたいかも……）

心の奥からふつふつと沸き起こる甘い気持ちに、悲しいわけでもないのに泣きたくなる。

「莉央、どうした？」

そんな変化を感じ取ったのか、高嶺が目を細めて顔を覗き込む。

切ないという気持ちを言葉にできる気がしなくて、莉央は微笑んだ。

「ううん、なんでもないの。それよりあなたスーツだけど、なにか撮影でもあったの？」

「いや……莉央が実家にいると思ったから、スーツで来た。で、お母さんとちょっとだけ話した」

高嶺は莉央の髪を指で梳きながら答えるが、まさかの返答に莉央は飛び上がりそうになった。

「えっ、話したの⁉」

「ああ。また結城家に行くから、一緒に来てくれるか」

「もちろんよ。私も今日は帰るつもりだったし」

まさか高嶺が実家で母と話したとは思わなかったが、よくよく考えてみれば莉央が帰るところは実家しかありえない。

高嶺の来訪を母はどう思っただろうかと、少し気になった。

「お嬢様っ！」

「莉央ちゃんっ！」

そこへ血相を変えて飛び込んできたふたりがいた。羽澄とその兄の加寿美《かずみ》である。

加寿美は羽澄の三つ上の兄で、どこかほんわかした優しい雰囲気を持つ、美しい青年だ。羽澄同様スーツを着ている。仕事中だったのだろう。

高嶺と、涙に濡れた莉央を見比べた羽澄は、顔色を変え、きつく拳を握りしめた。

「……コロス」

「ちょっ、羽澄ちゃんストップ！」

加寿美が慌てて羽澄を羽交い締めにしつつ、莉央に向かって叫んだ。

「莉央ちゃん、大丈夫っ⁉　てか大丈夫って言ってっ！　羽澄ちゃんが前科者になっちゃうっ！」

普段の優しげな羽澄とはまったく違い、切腹覚悟の武士のような悲壮さで羽澄は高嶺を見つめている。

「お嬢様。ご命令とあらば羽澄はその男と相打ちになることも厭《いと》いません」

「ええっ！」

莉央は慌てて羽澄のもとへ駆け寄り、その手を握った。

「羽澄、相打ちにならなくていいからっ！　私、大丈夫だから！」

「そうだよ、羽澄ちゃん、ほら莉央ちゃん元気だよ、大丈夫だって！　どうどう」

加寿美はパシパシと羽澄の背中を叩く。

「お嬢様は少しこのままで。高嶺。お前には言いたいことがたくさんある」

「羽澄……」

羽澄はふうっと息を吐き、高嶺を見据えたまま、莉央の背中を抱き寄せた。

高嶺はその瞬間、羽澄を敵として認定した。

「今日の午後三時にうちの広報から正式に発表がある。女優とは会ったこともないし、そう言って高嶺は、羽澄から莉央を引き剥がし、自分の胸に抱き寄せる。そして誰にも渡さないと言わんばかりに、莉央の体を両腕でしっかり抱きしめた。

「おおっ……仁義なき男の闘いっ！」

加寿美は若干テンションを上げるが、莉央は気が気ではない。いくら気心知れた羽澄と加寿美の前とはいえ、人前で抱きしめられるなんて恥ずかしいし、なんだか変な空気だ。

そしてその原因は、高嶺にあるような気がした。なんとなく。

「たっ、高嶺さん、その、ちょっと！」

ギューッと高嶺の胸を押し返そうとするが、

「ダメだ」

高嶺は即座にそれを却下すると、抱きしめる腕にさらに力をこめ、莉央の首筋のあたりに顔をうずめながら羽澄を見返した。

(なんなの、なんでこんなことになってるの⁉)

羽澄が心配性なのは慣れっこだが、その羽澄相手に高嶺が妙に突っかかっているのが気になる。

ふたりの間に、ビリビリと見えない電流が流れているような気がした莉央は、いったいどうしたらいいのかと、オロオロしながらふたりを見比べた。

「お嬢様はお前の〝モノ〟じゃないんだが？」

「ああ、そうだな。莉央の心は莉央のものだ。だが俺はしたいようにしてるだけで、お前にどうこう言われる筋合いはない」

「お嬢様が嫌がっているのがわからないのか」

「……嫌がってる？」

そこで高嶺はほんの少し力を緩め、莉央の顔を覗き込む。

「莉央、俺に触れられるのは嫌なのか」

「えっ……？」

「そんなことはないと思うんだが、俺の勘違いか？」

大きな手が莉央の頬を包む。

高嶺の涼しげな瞳にじっと見つめられると、莉央はどうしても赤面してしまう。

「えっと、あの、高嶺さんが嫌とかそういうんじゃなくて……今、この場所が……」

「莉央。〝高嶺さん〟はないだろう。さっきはあんなにかわいく俺の名前を呼んでくれたのに。ほら、言ってみろよ、正智って」

「かわいい？　いや、でっ、でもっ……」

「言わないとイタズラするぞ」

「えっ、イタズラは困るわ……その、まさ、とも、さん……」

顔を真っ赤にして名前を呼ぶ莉央。

「よくできました」

満足げな高嶺は上半身をかがめ、莉央のこめかみにキスを落とす。

「やっぱコロス！」

それを見た羽澄が飛びかかろうとするのを止めつつ、加寿美が叫ぶ。

「そこの人！　わざと羽澄ちゃんを刺激するのやめてください！」

今にも飛びかかってきそうな勢いの羽澄と、なぜか勝ち誇ったような顔をしている高嶺を莉央は見比べた。

「わざとなの⁉」

「さあ、どうだろうな」

高嶺はくすくすと笑いながら莉央の額に唇を寄せる。まるで反省していない。

わざとでもそうでなくても、まるで子供の喧嘩だった。

（本当に困った人なんだから……）

そう思いながらも莉央は、結局高嶺の手を振りほどくことなどできないのだ。

そして羽澄の機嫌を直すのに時間がかかったのは言うまでもない。

羽澄の運転で、莉央と高嶺は結城家に向かった。

後部座席に並んで座ったのだが、いつの間にか莉央の手は高嶺にごく自然に握りしめられていた。その温もりをありがたく思いながら、莉央は深呼吸を繰り返す。

(自分の家に帰るのに緊張するってどうしてだろう……)

まもなくして結城家の正門の前に、静かに車が停まる。

「ありがとう、羽澄。じゃあ行ってくるね」

「はい、お嬢様」

できるだけ明るい声を出し車を降りる莉央を、羽澄は優しく見送った。そして莉央の後を追って降りようとした高嶺に、バックミラー越しに冷めた視線を送る。

「お待ちください。僕はあなたを認めたわけではないので、そこをお忘れなく。それと、あなたは十年前のことを莉央様に明らかにするべきだと思いますよ」

「調べたのか」

「うちは祖父の代から不動産業ですからね」

不動産業と聞いて、高嶺はすべてを理解した。

「俺もそのつもりでここに来た」

「なるほど。けじめをつけるためのスーツというわけですか」

「ああ」

高嶺も、莉央のそばにずっといた彼のことを軽んじているわけではない。莉央にとって彼は身内のようなものだということは頭ではわかるのだが、男としてどうしても嫉妬めいた気持ちを抱いてしまうのだ。

(あまり嫉妬すると莉央に嫌がられるかもしれない。少しは抑えないとな)

そう思いながら、高嶺は車を降りた。すると羽澄は車窓を開けて高嶺を見上げ、にっこりと微笑む。

「あとひとつだけ、莉央の幼馴染としてよろしいですか」

「なんだよ……」

莉央と呼び捨てにした羽澄の変わりように、若干嫌な予感を覚えるが、羽澄は高嶺のそんな表情がもっと見たいと言わんばかりに身を乗り出した。

「実は俺、莉央が幼稚園の間は一緒にお風呂に入っていたし、莉央が四年生になるまで、週末は必ず一緒のお布団で寝ていたんだよね」

「……はぁ⁉」

「ではごきげんよう」

ぽかんと口を開けて立ち尽くす高嶺をあざ笑うかのように、羽澄はサッとハンドルを握り、アクセルを踏む。

「おいこら、ちょっと待てっ！」

少しばかり追いかけたが、完全なる意趣返しに、高嶺はなすすべがない。

「はぁ……」

深くため息をつき、きょとんとした表情で門の前に立っている莉央を振り返り、固く心に誓う。

（俺も絶対、いつか莉央と風呂に入る！）

「どうしたの？」

「なんでもない……。行こうか」

高嶺は莉央に駆け寄り、それから彼女と手を繋ぎ、門をくぐる。

結城家の屋敷は、門は東向き、母屋は南面して建つ書院造りである。

莉央は二十六年間ここで過ごしてきた。母が出ていけば然るべき機関に預けられ、保存されることになる。まもなく結城家の手を離れると思うと、また感慨深く、いつもと景色が違って見えた。

「たか……正智さん、母とどんな話をしたの？」

名前を呼ぶのも恥ずかしい莉央だが、高嶺はそんな莉央を眩しそうに見つめうなずく。

「莉央に会わせてほしいと話したら、たぶん税所の者と一緒にいるだろうって教えてくれた。塩を撒かれても仕方ないと思っていたんだが、いきなり押しかけた俺にもお母さんは親切だったな」

「そう……」

「俺が十年前、ここに来た時、話したのは当主ただひとりだ」

「……うん」

わかっているけれど、どうしても歯切れが悪くなる。苦しくて泣きたくなる。

十年前、いきなり結婚が決まったと父に言われたあの日のことが、昨日のことのように蘇るのだ。

黙り込んだ莉央を見て、高嶺は胸に痛みを覚えるが、それでも莉央のそばにいたいと思う。そのために自分はここに来たのだ。

「莉央、思うことがあったらなんでも吐き出してくれ。我慢されるほうがつらい」

「うん……」

莉央もうなずいて顔を上げた。

あの日のことは、莉央も受け入れないわけにはいかないのだ。

どれだけつらくても、悲しくても。


「ただいま戻りました」

玄関で声をかけると、左右に延びる廊下を挟んだ向こうにある座敷の引き戸ががらりと開いた。

「はぁい……あら、莉央じゃない」

顔を出したのは、着物姿で、手には花ばさみを持っている莉央の母、南実子《なみこ》である。

通いのお手伝いさんにも暇を出し、今は広大な屋敷にひとりで住む南実子の生活圏は、主にこの玄関そばの六畳間になっている。花を活けていたようで、畳の上にはマーガレットとチューリップが何本か並べられていた。

「高嶺さんも一緒なのね」

南実子の目が莉央と高嶺を交互に行き来する。驚いた様子はない。高嶺がここを訪れた時から、こうなることを想像していたのかもしれない。

「奥座敷にお茶を用意してちょうだい。ここを片付けて私もすぐに行くから」

「うん」

莉央は高嶺を奥座敷へと案内して座らせると、今度は台所へ向かって煎茶の用意をし、また奥座敷に戻る。

高嶺はきちんと正座をし、奥座敷から見える結城家の見事な庭園を眺めていた。

(こうやって見ると、正智さんってどこか品があるのよね。手がつけられない暴れん坊怪獣だけど、上品っていうか……。所作《しょさ》が綺麗だからかな)

「……莉央?」

気配を感じ取ったのか、高嶺がお盆を持ったままぼうっと立ち尽くしている莉央を振り返る。

見とれていたのが恥ずかしく、慌てて湯のみを高嶺の前に置いたのだが、手元が狂って、湯のみはひっくり返ってしまった。

「あっ、ごめんなさい！」

テーブルの上に広がっていくお茶を、布巾で拭き取ろうとするが、

「大丈夫だ」

高嶺は慌てる莉央の手から布巾を取り、手早く拭いてしまった。

「……ごめんなさい。濡れなかった？」

しょんぼりする莉央は、高嶺の隣にペタンと座り込む。

「なんともない。それよりも莉央こそ大丈夫なのか。顔色がよくないぞ」

「そう？」

言われて手のひらで頬を挟むが、確かにいつもよりひんやりと冷たい気がした。

「本当だ。少し冷たい」

「温めてやろうか」

高嶺が不敵に笑いながら、莉央に顔を寄せる。

「どうやって？」

温めるもなにも、高嶺だって身ひとつのはずだ。車の中のように、手でも握ってくれるのだろうかと見つめ返すと、

「こうする」

甘く低い声でささやきながら、高嶺は莉央に口づけた。

「……っ！」

ビクッと莉央の体が揺れる。

（あっ、あっ、温めるって、そういうこと⁉）

「ほら、あったまっただろ」

顔を離した高嶺はクスクスと笑いながら、リンゴのように赤くなった莉央の唇を、親指でなぞり、それからまた奪うように軽くキスをする。

「もっ、もうっ……！」

慌てて押し返したが、高嶺はそんな莉央の様子すらかわいくて仕方ないらしく、またキスしようと顔を覗き込んでくる。

「だからもうからかわないでって……」

「かわいいからいじめたくなる」

「そういうこと言わないのっ！」

「えー、こほんこほん……お母さん、ここにいますよ？」

後ろから気まずそうな母の声が聞こえた。

「きゃー、お母さんっ！」

莉央は、所在なげに立っている背後の母に気づいて絶叫する。あまりの恥ずかしさに消えてなくなりたくなった。

だが高嶺は動揺した様子もなく、優雅に微笑む。

「お母さん、申し訳ありません。つい」

なにが〝つい〟なのかなじりたくなった莉央だが、もうこのことには一切触れたくない。

「おっ、お母さん、座って！」

しどろもどろになりながら、莉央は南実子を上座に座らせ、こほんこほんと咳払いをした。

「えっとね、お母さん、実は私、昨日は羽澄の家に泊まらせてもらったの。京都に帰ってきたのが遅かったから……ごめんなさい」

「ええ、高嶺さんから話は聞きました。だから羽澄君のところにいると思ったのよ」

「お母さんが教えたんだってね」

「ええ、迷ったけど高嶺さんが嘘を言っているようには思えなかった。ただ、高嶺さんがここを出た後に、羽澄君に連絡したら『急いでお嬢様を移動させます』って言っていたけど……会えてよかったわ」

どうやら羽澄は母から高嶺が京都に来たことを聞いていたらしい。

（携帯を持っているか気にしてたのも、早めのランチに誘われたのも、そのせいだったんだ……）

もちろん莉央に羽澄を責めるつもりはない。彼は彼なりに、莉央を守ろうとしてくれたのだから。

そして南実子は、改めて高嶺を正面から見つめる。

「高嶺さん。それでお話ということだけど……」

「はい。今さらではありますが、おふたりに俺の昔話を聞いてもらいたいと思います」

「昔話？」

隣の莉央の問いに、彼はしっかりとうなずいた。

「本来なら、十年前の元凶である俺の父もここにいるべきだと思います。ですが父はすでに故人です。実家ももうありません。父が死んだ後、俺が更地にしてしまいましたから」

その瞬間、高嶺の端正な横顔に、さっと影のようなものが落ちた。

（実家を更地にした？）

あまりにも強烈な告白に、莉央は言葉を失った。

「……俺の父は、昭和最後の不動産王として名を馳《は》せた男でした。東北の貧しい出自から身ひとつで財をなし、のちに政治家として大臣にまで上り詰めました。そして俺の母は、父の数多くいる愛人のひとりで、俺は婚外子として生まれました。ただ甲斐性だけはある父でしたので、母もそれほど苦労せず俺をひとりで育ててくれたし、大学まで入れてくれた。人並みの生活は送れたように思えます」

高嶺の口から聞かされる彼の身の上は、莉央が想像していたものとはまったく違っていた。

「けれど十年前、老齢の父の病が悪化した時、全国に散らばっていた子供たちが、初めて本家に集められました。腹違いの兄弟たち、全員で五人です。正妻はすでに死去しており、後継はいませんでした。残された子供たち全員が愛人の子でした」

そこで高嶺は一息ついて、唇を噛みしめる。

彼の苦悩に満ちた目の理由がそこにあると、莉央は感じた。

「……病床の父は言いました。『お前たちの中で、一番私を驚かせてくれた者に、すべてを譲る』と」

「えっ……？」

「父からの宣戦布告でした。ゲームです。あの男にとって、子供などただの暇潰し。巨万の富も、地獄には持っていけない、遊び道具でしかなかった。その時俺は生まれて初めて怒りを覚えました。愛人の子供と近所で陰口を叩かれたって、馬鹿らしいと取り合わなかった俺が、父に初めて、憎しみを覚えた……。俺はただ、それまで父のことを考えないようにしていただけだったんです」

正座した膝の上でギュッと握りしめられる高嶺の拳は、かすかに震えていた。とっさに莉央は手を伸ばし、その甲に手のひらを重ねる。怒りに心を囚われそうになる高嶺に、自分はここにいると、安心させたかったのだ。

高嶺はフッと表情を緩め、莉央にうなずくとまた言葉を続ける。

「俺は考えました。なんとかして、父に参ったと言わせたいと……そして思いついたのが、誰とも知らない相手との契約結婚でした」

高嶺の喉が、ゴクリと鳴った。

「多くの愛人を抱えて、意味もなく子供を作り、財産ばかり増やしたあいつの真逆をいってやろうと思った。たったひとり、無関係の女と結婚して、意味もなく別居して、あいつの財産をどんどん減らしてやろうと思ったんです」

高嶺の切れ長の眉に深く皺が寄る。そして彼は座布団から下り、畳の上に手をついた。

「結城家でなくても、年頃の娘がいて、没落しかけている家であればどこでもよかった。興信所に調べさせ、俺がこの家を選んだのは、藤原氏嫡流、摂家の男子直系で、父に対して箔《はく》がつくと思ったからです。結果、父は俺のプレゼンを……そう、プレゼンだった。俺のそんな提案を受けて『やってみろ』と笑って、俺に全財産を譲ったんだ。その財産で俺は新たな事業を展開し、成功させた。自分の、目先の利益しか考えてこなかった。ここであなたたちを苦しめていることなんか、気にも留めなかった。だから……結城の奥様と莉央さんには、どうお詫びしても言葉が足りない……」

高嶺はそのまま上半身を折るようにして、頭を下げた。

「お嬢さんの人生を滅茶苦茶にしたのは、俺です。これが事実です。本当に申し訳ありませんでした」

血を吐くような高嶺の告白を聞き、しん、と静まり返る奥座敷は時が止まったようだった。

「高嶺さん……」

沈黙を破ったのは、南実子だった。

「ご事情、わかりました。けれど私もあなたに謝ってもらえるような人間ではないのです」

南実子は呆然と高嶺を見つめている娘に視線を向ける。

「十年前、主人から莉央を見知らぬ男と結婚させると聞かされた時、止められなかった。鎌倉時代から続く結城家を終わらせる気かと言われて、反論できなかった。けれど娘を犠牲にしてここに住み続けることに、なんの意味があったのでしょう。夫が死に、姑が死に、莉央とふたりきりになって初めて、私は母親失格だったと気づいたのです」

「お母さん、母親失格だったなんて、そんなこと言わないで！」

母の懺悔《ざんげ》を聞いて、莉央の大きな目に涙が浮かんだ。

「商家からお嫁さんに来て、娘ひとりしか産めなかったって、ずっとおばあちゃんにつらく当たられてきたじゃない。お父さんが外で遊び呆けてたからなのに、我慢してたじゃない！」

「莉央……」

「十年経って、好きに生きなさいって言ってくれたお母さんはすごく勇気がある！私の背中を一番に押してくれたのは、お母さん。私にとってお母さんは最高のお母さんよ！」

ぽろぽろとこぼれ落ちる涙を、莉央は子供のように手の甲で拭った。そしていつまでも頭を下げている高嶺の上半身を起こす。

「正智さん、聞いて。確かに過去は変えられないけど、未来は自分の意思でいくらでも変えられるわ。お母さんは五十歳を超えて初めてひとり暮らしを始めるし、お花とお茶の先生になるの。私はまだこれからだけど、好きな画を描いて生きるの。日本画だって、あなたとの結婚をきっかけに筆をとったのよ。だから私の十年のすべてを否定しないで。あなたは私を傷つけただけじゃない」

「莉央……」

莉央の言葉に高嶺の顔が強張ったように歪む。美しい青墨色の瞳がうっすらと雨に濡れたように光っている。

その瞬間、莉央は悟った。

この男もまた十年前に、自分でも気づかぬうちに深い心の傷を負ったのだと。

莉央は、両腕をしっかりと伸ばし、高嶺の頭をきつく抱きしめた。

「ありがとう。たまたまかもしれないけど、結城家を、私を選んでくれて。……もし正智さんが他の家の女の子を選んでたらって考えたら……やっぱりその、妬けちゃうわ……たぶん」

少しばかり歯切れが悪くなってしまったが、莉央は素直な言葉を口にし、恥ずかしそうににっこりと笑った。

つらい時に浮かべる微笑みではなく、ただ、ここにいる母と夫を元気づけたくて。

その日、莉央と高嶺は結城家に滞在することになった。高嶺は客間、莉央は自分の部屋である。

一応夫婦なのだが、そうでないとも言える。母や高嶺になにか言われる前に、そう決めて高嶺を客間に押し込んだ。

久しぶりに南実子の手作りの夕食を食べた。高嶺は『莉央が料理上手なのはお母さん譲りですね』と言って、母を大いに照れさせた。

（あの人、天然のタラシのような気がする……）

母相手にやきもちを焼いているわけではないが、高嶺との今後を考えると、なんだか複雑だ。

お風呂を出て髪を乾かした後、ベッドに腰かけて窓から庭を眺めていると、部屋のドアがノックされる。

「莉央、俺だ」

「えっ⁉　正智さんっ？」

慌ててドアを開けると、浴衣姿の高嶺が立っていた。湯上りのせいか、うっすらと目元のあたりが赤い。それが妙に色っぽく莉央には映った。

「どうしたの？」

ドキドキしながら問いかけると、高嶺は部屋の中を少し覗き込んで、

「莉央の部屋が見たかったんだ」

と笑う。

確かに、行政手続きが済めば、もうここは莉央の部屋ではなくなるのだ。

「よかったら見ていって」

莉央は高嶺を部屋に招き入れて、窓辺へと案内する。

「ここ、二階で一番庭が綺麗に見える部屋なの。ほら、月があの辺りにかかるとまるで一枚の絵みたいでしょう？」

自分の部屋が気に入っている莉央は、単純に紹介するつもりだったのだが、

「ああ、そうだな」

「……っ！」

彼の声が耳元で響いて、莉央は一瞬言葉を失ってしまった。

想像よりずっと近くに高嶺は立っていた。莉央が見ているものを同じように見ようと、高嶺がすぐ背後に立っているせいだ。

「莉央？」

「あ、うん。なんでもない……」

動揺しているのを悟られたくなくて、そんなふうにごまかしてしまう。

(これって、ふたりきりってこと？　お母さんはいるけど一階だし、遠いし……。いや、そもそも彼のマンションでずっとふたりきりだったのに。なんで今さら緊張なんか……)

部屋を見たいと言われて中に入れたのは自分なのに、怒涛のように戸惑いが押し寄せてきた。

(どうしよう、私、意識しすぎてる。ふたりでいるの恥ずかしい……)

なんとかしてこの場を切り抜けようと、高嶺に背中を向けたまま、莉央はキョロキョロと周囲を見回す。

「あー、えっと、あっ、そうだお茶でも飲む？　お酒でもあったらいいんだけど、私も母もほとんど飲まないから、羽澄の家に全部あげちゃってて」

「……莉央」

「あっ、でも、いただきものも多いから、お台所を探したらあるかも！　私取ってこようかなって、ひゃっ……」

気がつけば後ろから抱きしめられていた。

「……っ、あのっ……」

莉央の体が緊張で強張る。

だが高嶺は低い声でゆっくりと、莉央にささやいた。

「俺が急に来たから怖くなったんだろう？　大丈夫、俺は莉央が嫌がることは絶対にしないから……」

それから大きな手でよしよしと頭を撫でられる。そうやってしばらく撫でられていると、あれほど暴れ回っていた心臓がようやく落ち着きを取り戻し始める。

「……ちょっと、落ち着いた」

「そうか。よかった」

若干の恥ずかしさからか、子供のようにかすかに唇を尖らせる莉央にくすりと笑った高嶺は、莉央の体の前で自分の手を握り、一緒に窓の外を眺めた。

「莉央は毎日この景色を見ていたんだな」

「うん」

「文化財にしなくても、俺なら残すことはできるぞ」

「ううん……いいの」

高嶺ならそう言ってくれるような気はしていたが、それは莉央の望みではなかった。

「たとえ持ち主が変わっても、私はこの景色を一生覚えてる。だから大丈夫」

この家を出ていくまでの二十六年間。泣いたり笑ったり、そしてなんてことのない日々も、莉央は毎晩この部屋で眠ったのだ。その思い出は強く、莉央を形作る記憶として残っている。

「そっか……もしかしたら今日が最後の夜かもしれないのね……。勢いで戻ってきちゃったけど、よかった……」

「俺も、莉央の生まれ育った場所を見られてよかった」

そんな高嶺の言葉に、ハッとして莉央は振り返った。

「私もいつか、正智さんの生まれた場所に行ってみたい。そういえばお母様はどうなさってるの？」

高嶺の父との確執については今日聞いたばかりだが、母の話は聞いていなかった。

「実は母は俺が高校生の頃に結婚して、今は海外にいる」

「えっ！」

「だから俺が結婚していたことも知らない」

「それはさすがにまずくない？」

「まずいな。たぶんぶっ飛ばされる」

クックッと笑う高嶺だが、莉央としてはできればぶっ飛ばされる高嶺は見たくない。いったい高嶺を生んだ女性とはどんな人なのだろう。

「オーストラリアに住んでるんだ。いつか一緒に行こう」

「うん」

素直にうなずくと、高嶺は嬉しそうに莉央の頬にキスをする。

「もっ、もう！」

いきなりのキスに莉央の顔が赤く染まる。

「嫌か？」

高嶺の唇が、今度はこめかみに移動する。

「嫌じゃ、ない……」

その声に、ゆっくりと高嶺の手が肩に回り、もっと近くに引き寄せられる。

視線が絡み合うと確かな繋がりを感じる。高嶺も同じ気持ちなのだと、彼の青墨色の瞳を見ればわかる。

しっかりとその瞳を見上げると、お互い引き寄せられるように唇を重ねていた。

最初は唇の表面だけ。軽く吸われ、舐められ、今度はきつく吸われる。

「莉央……」

唇が離れるたび、高嶺は切なげに莉央の名前を呼ぶ。

名前を呼ばれるだけで、体が震えるほど嬉しくなるということを莉央は知らなかった。

「莉央……震えてる。大丈夫か」

高嶺は莉央の背中を支えながら、ベッドの端に座らせる。そして隣に腰を下ろし、莉央の背中を撫でた。

最近になってようやく莉央も気づいたのだが、嫌がることはしないという前提で、高嶺は莉央にこうしたい、ああしたいとささやくのだ。自分に選択肢があると思わせておいて、結局莉央は高嶺の甘い誘惑を拒否することなどできない。

(正智さん、無自覚なのかな……)

なんとなく負けたような気がしながらも、莉央は高嶺を見上げた。

「違うの……」

「ん？」

「嫌じゃない……正智さんに触れられるの、好き……。名前を呼ばれて、ドキドキして、苦しくなっただけ……だから大丈夫」

莉央は呼吸を整えながら、はにかむように微笑む。

「莉央……」

莉央が湯上りの高嶺にときめいたように、高嶺もまた同じように莉央に心を奪われていた。

生まれたての真珠のような莉央が眩しくてたまらない。神が気まぐれでよこした宝としか思えなかった。

「もっと深くキスしたい。莉央に触れたい」

どこか切羽詰まったように高嶺はささやき、顔を傾ける。莉央はぼうっとした頭でそれを聞きながら、受け入れた。

もつれるように抱き合って、ベッドに押し倒された。のしかかった高嶺の舌が莉央を蹂躙《じゅうりん》する。追いかけて絡み、吸い上げて、噛む。とても長い時間をかけて、ゆっくりと。

そのうち、大きな手のひらが莉央の肩を撫で、ウエストを撫で、胸を持ち上げた。なにもかもが初めてだ。その瞬間はさすがに驚いたが、やはり嫌だとは思わなかった。ただ全身を包むしびれるような陶酔感に、いつまでも浸っていたいような、そんな気分だった。

高嶺の形のいい後頭部に手を回し、髪の中に指を入れる。地肌を指でなぞると、莉央と同じシャンプーのはずなのに、違う、いい匂いがした。これは彼の香りなのだ。愛おしさで胸がいっぱいになる。だから思わずつぶやいていた。

「正智さんの匂い、好き……」

「……っ……」

その瞬間、高嶺が少し苦しそうにうめいたかと思ったら、ガバッと飛び起きた。

「ど、どうしたの？」

突然体を離されて、驚いた莉央は首をかしげる。

「……あやうく、大人の分別というものを見失うところだった」

「分別って？」

「その……だから……莉央を最後まで抱きたくなった」

「……えっ」

「いや、いくらなんでもここじゃダメだ。莉央の実家だし、お母さんもいるし」

「う、うん……」

急に我に返った莉央は、この陶酔の向こうにあるものはそういうことなのかと気恥ずかしくなる。

「莉央、ちょっと後ろ向いててくれ」

「どうして？」

「……どうしても」

そういう高嶺はまるでKO負けしたボクサーのようにうなだれている。いつも莉央をからかいまくる高嶺にしては珍しくダウナーだ。

（変なの……）

そう思いながらベッドから体を起こし、背中を向けると衣ずれの音がした。どうやら高嶺が身支度を整えているようだ。

「正智さん、着付けてあげようか？」

「いや、ダメだ」

ダメと断られる意味がわからないが、高嶺曰く「俺は今ケダモノだから」の一点張りで、振り向くことすら許されなかった。

そうやってしばらく険しい表情でうなだれていたかと思ったら、ゆっくりとベッドから立ち上がり、莉央のおでこにキスをする。

「おやすみ、莉央。愛してるよ」

「私も」

莉央は嬉しくなって立ち上がり、そのままぎゅっと高嶺に抱きついた。

「おやすみなさい」

「ん……ああ、おやすみ」

高嶺の理性が擦り切れる寸前なことには、まったく気がつかない莉央だった。

翌日、墓参りを済ませた莉央は、午後の新幹線で東京に戻ることにした。

「まずは個展を成功させるために頑張るのよ。体に気をつけてね」

南実子が莉央の手をとり、甲を撫でる。

「うん……」

京都駅の新幹線改札を過ぎても、莉央は涙目になりながら見送りのメンバーに手を振る。

「みんな、元気でね！　すぐ会えると思うけど体に気をつけてね！」

そうやって何度も振り返りながら手を振る莉央に、税所兄姉たちも精一杯手を振り返した。

「莉央ちゃま個展見に行くからね、高嶺さんよろしくね！」

「体を大事にね！」

南実子と一緒に来ていた税所家の兄姉たちは、概《おおむ》ね高嶺に好意的だった。

なんの因果か、契約結婚で繋がったふたりは、十年の時を経てお互いを思い合うようになったのだ。とても幸せとは言えなかった莉央の少女時代を知っていた者は、心から笑う莉央を見たら、それを受け入れるしかない。

「どんまい、羽澄ちゃん」

改札で、無言でふたりの背中を見送る羽澄の背中を、加寿美が叩く。

莉央が物心ついた時からそばにいたのだ。兄も姉も、羽澄の思いは知っていた。

「莉央が幸せならそれでいいんだ」

負け惜しみでもなんでもなく、羽澄はそうつぶやく。

「聞いたかい、玲ちゃん。我らが弟はいじらしすぎる……。全米が泣いた」

「日本よ、これが忠義だ……」

玲子と加寿美は映画の煽り文風に羽澄を励ましながら、それでも弟の言う通り、莉央の幸せを願わずにはいられなかった。

橙色の大きな夕日が東京の街の中に沈んでいく。

東京の高嶺のマンションに戻ってきて、まず莉央の目を奪ったのは、二面の窓から夕日が落ちる場面だった。

「今日は空気が澄んでるみたいだな」

「うん……」

高嶺にもたれて、ソファからぼうっと太陽が沈んでいくのを眺める。

前の晩、自分の部屋から月を見た。圧倒的な自然の美の前では、人は言葉を失うしかない。いや、なんの言葉がいるだろう。

唐突に押し寄せてきたなにかに、莉央は震えた。

長い間、自分にはなにもないと思っていた。そして今でもこれができると胸を張って言えるわけでもない。けれどこの胸にこみ上げてくるなにかを、莉央は筆で残したい、残すのが自分の使命なのだと思う。

「正智さん、三カ月後の個展まで私頑張るから」

「ああ」

そして高嶺はじっと夕日を見据える莉央の横顔を見下ろす。

高嶺にとって、夕日はただの夕日でしかない。けれど彼女の目にはいったいどんなふうに映っているのだろう。

その目に魅入られてからずっと、高嶺は莉央から目が逸らせなくなった。きっとこれから先もそうだ。

(俺は莉央に恋い焦がれて、死ぬまで追いかけ続けるんだろう)

だが今はそれが幸せだと思える。

今日、なんてことのない夕日が、初めて高嶺の特別になった。

金色の君

翌朝から、莉央は高嶺のために食事を作る以外は、個展の準備にかかりきりになった。高嶺としては莉央の手を止めさせるのが申し訳なく、「自分の食事はいらない」と遠慮したのだが、莉央は「料理をすることで頭を切り替えられるから」と譲らなかった。

そうやって、普通の夫婦とは違う同居生活が本格的に始まったのだが……。

「で、かれこれ二カ月以上経つわけだけど……マジで手出してないの？」

ここはタカミネコミュニケーションズ社長室。時計の針は昼の一時を回ったところだ。テーブルの上には、莉央お手製のサンドイッチと、コンビニで買ってきたホットコーヒーが湯気を立てている。

「出してない」

「うわぁ……マジか。ではお言葉に甘えてサンドイッチいただきます」

「こっちから向こうがお前の分」

高嶺もタマゴサンドを手に取り、口に運ぶ。

マヨネーズが控えめなタマゴサンドは素材の味がしっかりとして口当たりもいい。

莉央の料理はシンプルだが仕事が丁寧なのだ。

（さすが俺の莉央……）

そんなことを思いながらサンドイッチを食べていたのだが、

「あー美味しいねぇ……じゃなくて！」

天宮がハッとしたようにソファから立ち上がった。

「好きな女の子とひとつ屋根の下にいるのに手を出さないなんて、いつからお前はそんな男になったんだ！」

「俺だって予想外の展開だ」

高嶺はすでに達観《たっかん》した様子で窓の外を眺めた。

そもそもこの話のきっかけは、高嶺の莉央溺愛トークにうんざりしていた天宮が、『子供でもできたらまたひどい親馬鹿になりそうでうんざりだね』と言ったせいである。それに対する高嶺の返答は、『子供ができるようなことはしていない』だったので、コントのようにひっくり返りそうになった。

「順序立てて説明してよ。なんでそんなことになってるわけ？」

浮気疑惑から莉央を連れて帰った高嶺は、まさに逆転勝利を収めたといっても過言ではない。なのになぜ相変わらず清らかな関係なのか、天宮は想像もつかない。

「まぁ、帰宅初日はやっぱり移動して疲れてるだろ。ぐっすり寝かせてやりたいと思うだろ」

「まぁね」

「で、次の日から莉央がいきなり本気モードになって、自分の部屋から出てこなくなった」

「ああ……個展があるんだっけ」

「で、その状況が一週間続いて、そこらで莉央の昼夜が逆転し初めて、気がつけば完全にすれ違い生活というわけだ」

「わぁ……」

これ以上ない理路整然とした状況説明に、天宮の茶色い目に憐れみの色が混じった。

「まぁ、それでも朝寝る前に俺の朝食と弁当を作ってくれるし、行ってきますのキスもしてくれる。で、深夜に帰る俺のために軽めの夕食も用意してくれている。タイミングが合えばその時に多少話もできる。まったく顔を合わせないわけじゃない」

「ふむ……」

高嶺の話を聞き、天宮は顎のあたりを撫でながら神妙な表情を作る。

「でもさぁ、一応愛し合ってる男女なわけじゃん。高嶺のほうから、なんとなーくベッドに誘えないの？」

高嶺は自分から女性に対して積極的になるタイプではないのだが、こうだと決めたらどんなことでもやり遂げる男である。愛する妻を抱きたければ、それこそ口八丁手八丁で、口説き落とせるに違いないのだ。

「そりゃ何度も考えた。でも莉央のあんな様子を見たら、言えなくなる」

「あんな様子ってどんな様子なんだよ」

高嶺のまぶたの裏には、その状況がまじまじと浮かぶらしい。途端に毒でも飲まされたような表情になった。

「たぶん、なにかを生み出そうとしてるんだ……。もがき苦しみながら、何時間も白い紙を見てるんだ。そのまま魂を吸われて死ぬんじゃないかって心配になるくらい……あんなふうにすべてを投げ出してる莉央に、『お前とセックスしたいからその手を止めて俺のベッドに来いよ』って言えるかってことだ」

「ああうん……無理だね。ごめん」

親友の涙ぐましい努力はすでに笑える一線を超えた。本気で彼女のことを思うからこそ、己を律しているのだ。

「あ、でもこないだ、明け方寝ぼけて俺のベッドに入ってきたんだ。めちゃくちゃかわいかったぞ。ここぞとばかりに抱きしめてやった」

ちょっぴり自慢げな高嶺に天宮の同情は止まらない。

「マサ、自慢げに言わないで。俺マジで泣いちゃうから。しかも苦行が一周回ってご褒美になってるみたいだけど、それ普通につらいから」

しかし想像の真逆を突き進んでいた親友に、ある意味今回の話は助けになるかもしれない。天宮は持っていたファイルをテーブルの上に置いた。

「これ、ラブラブ夫婦生活を邪魔しちゃ悪いかなって言いづらかったんだけど、逆にマサのためになるかも」

「どういうことだ」

コーヒーでサンドイッチを流し込み、ファイルを開いた高嶺は、資料にざっと目を通して目を細めた。

「シリコンバレーに出張？」

「そう。提携の件、いよいよ本決まりだよ。さすがにこれはＣＥＯである君が行かないわけにはいかないから」

「わかった……ってこれ三週間かよ！」

アメリカのシリコンバレーにあるIT企業との提携は、一年以上前から進めていたプロジェクトだ。大きな仕事とわかっていたが、さすがに一カ月近く莉央と離れるというのはかなり抵抗がある。

「ちょうどいいでしょ、奥方様からちょっと離れて、高嶺はきちんと仕事をする。奥方様も仕事をする」

「綺麗にまとめんなよ……」

うんざりしながらも、さすがに今の莉央にアメリカまでついてきてくれと言えるはずもない。図らずとも個展が始まるまで、ふたりは離れ離れになるわけである。

「……トンビに油揚げさらわれないように気をつけてね」

「ああ？」

どこか楽しげな天宮の言葉に、高嶺はふと思い出した。

税所羽澄どころではない、いわゆるラスボスの存在に。

白い紙を夢に見るようになってから十日。莉央はずっと最低最悪な気分だった。

自分が描きたいものはわかっているのに、それをどう描いたらいいのかわからないのだ。

（やっぱり一度水森さんに相談しよう）

今朝、高嶺を見送って、莉央は昼まで仮眠をとり、それから銀嶺堂へと向かった。

いつものようにcaféGINREIでミルクティを飲みながら水森を待っていると、

「お待たせ」

慌てた様子で水森がやってきた。手にはたくさんのファイルを抱えていて、ひとつを莉央に手渡す。

「日本画といえば普通は表装だけど、莉央さんの画の場合、額装もいいかなと思って。不思議よね。伝統的な日本画なのに違和感がないの。これって美人はなにを着ても似合うってのと一緒かしらね。はい、これチェックして」

「はい」

渡されたファイルには莉央の画が綺麗に額に収められた写真が入っていた。

そもそも設楽が見込んだ水森の目に間違いはない。逆にこういう見方もあるのかと、新鮮な思いがする。

「あの、水森さん。描きたいものがあるんですけど、それをどうしても形にできなくて」

「それはどうして？　莉央さんは設楽先生に徹底的に写生することを叩き込まれているでしょう」

「いつもはそうなんですけど……」

言い淀む莉央に、水森はピンときたようだ。

「頭の中にあるものを描きたいの？」

「そうなんです……。頭の中にははっきりとあるんです。輪郭も匂いも、手触りもわかるのに……」

「ふぅん……」

水森はタバコに火をつけながら猫のように目を細める。

「でも、設楽先生は、誰が見ても自分の初恋の女に見える、そんな画を描くわよ」

「はい。私はまだその域にない。そういうことなんだと思います……。でも諦めきれなくて、悔しいっていいますか」

うつむく莉央の顔は、水森には恋に悩む少女のように見えた。

「莉央さん、完全に行き詰まってしまってるわねぇ」

「そうなんです……」

莉央はこっくりとうなずきながらミルクティを口に運ぶ。

「設楽先生から少しだけ聞いたんだけど、今は長い間離れていたご主人と暮らしてるんだっけ？」

「えっ、あ、はいそうです」

「たまにはデートでもしてゆっくり過ごしたら？　気分転換が必要だと思うわよ」

（デッ、デート⁉）

目を丸くする莉央だが、とりあえず水森との他愛ない会話のおかげでだいぶ気分がリフレッシュできた気がする。お礼を言ってカフェを後にした。

（デート……デート？　デートっていったいなにしたらいいの？）

帰宅後、莉央はソファでクッションを抱え悩んでいた。

デートといえば、中学生の時に友人にどうしてもと頼まれてグループデートをしたことがあるぐらいだ。今さら高嶺と遊園地に行く？と考えてもピンとこない。

そもそも莉央は人混みが苦手で、出かけるくらいなら家で本を読んでいたいタイプである。もちろん高嶺とふたりならどこでも楽しいとは思うのだが……。

「難しい……」

経験不足に軽く絶望しながらも、それでも今の自分に気分転換が必要なことはわかる。

じゃあ高嶺に任せる？　経験豊富な彼ならデートのひとつやふたつ軽いものだろう。

（経験豊富……）

想像したら腹が立った。年が離れているからしょうがないと自分に言い聞かせても、感情がそれを許してくれない。

「馬鹿みたい……」

高嶺の過去に嫉妬する子供っぽい自分に、泣きたくなる。

壁時計を見上げると、そろそろ高嶺が帰ってくる時間だ。

すぐに出せるよう夕食の準備をした後、まどろむようにソファに横になった。

（自分の部屋で寝たいけど……やっぱり正智さんの顔見たいし……。デートのことも相談したいな……）

そうやってしばらくうとうとしていると、

「こんなところで寝てたら風邪ひくぞ」

高嶺の両手が頬を包み、おでこにキスが落ちる。

「あ、おかえりなさい……」

莉央は目をこすりながら体を起こす。

時計を見ると、大幅に日付が変わっていた。いつもよりだいぶ遅いようだ。

「明々後日《しあさって》から三週間、シリコンバレーに出張になった」

「えっ⁉」

「たぶん個展に間に合うように帰れると思うんだがな」

高嶺は申し訳なさそうに莉央の横に座り、髪を撫でた。

ぼうっとしていた莉央だが、高嶺の言葉に一気に目が覚める。

「出張……」

「莉央の個展がなければ一緒に行ってもらうことも考えたんだが」

「うん……でも行けない……」

三週間、高嶺と離れる。想像するだけで胸の奥がキュッと締めつけられる。

「そんな顔するなよ……置いていけなくなるだろ」

高嶺の唇が額に押しつけられる。同時に指が耳やうなじにかかる髪をかき分けて、流すように梳いていく。

うっとりと身を任せていた莉央だが、

（この匂い……）

近づいた高嶺からかすかにお酒とタバコ、そして香水の匂いがした。

高嶺の胸に顔を寄せていた莉央は、両手をぐっと伸ばし、高嶺を押し返す。

「どこに行ってたの」

「ん？」

「女の人の匂いがする」

莉央の声が若干低くなる。その声を聞いて、高嶺の全身から血の気が引いた。

「これは、あれだ。その、急に決まった接待で……」

高嶺にしては珍しくしどろもどろだ。

その様子に莉央はカーッと頭に血が上った。

（私はデートの方法に迷ってるレベルなのに、自分は仕事かもしれないけど夜遊び！）

今さらながら、高嶺と女優の噂を思い出してしまった。

脳裏に綺麗な女性にしなだれかかられる、典型的な絵面が浮かんだ。

もちろん女優との噂は百パーセント嘘だったわけだが、テレビによると過去に噂になった相手はいるらしい……。

仕方ないとはいえ、彼はあまりにも大人で、住む世界が自分とは違いすぎて、もどかしく、歯がゆくなる。

（それに……私たち結局そういうこと、してないし……）

京都の部屋で過ごした一時は、莉央の胸に強く甘い痛みを残した。その後、東京に戻ったらあの続きが待っているのだろうと、莉央なりになんとなくドキドキしたり緊張したりしていたのだ。だが高嶺が自分を求めてくる様子はまったくなく、気がつけば個展まであと三週間である。

（私が子供っぽいから？　年齢だけは大人だけど、ものは知らないし、常識はないし……だからそんな気にならなくなったとか？）

すべての元凶である、画に行き詰まっていることが、莉央のネガティヴに拍車をかける。

「……莉央？」

そんな莉央の葛藤も、高嶺には想像すらつかない。

うつむいて体を強張らせる莉央の顔を、恐る恐る覗き込もうとするが、

「ご飯、用意してるので食べてください」

莉央はそれだけ言って、さっと身を翻し、部屋に戻っていってしまった。

喧嘩をしたらすぐに仲直りをしないと、人はこんなにも自分に壁を作ってしまうものなのか……。

朝、高嶺が出勤していく音を部屋のドア越しに聞いて、莉央はベッドの中で深いため息をついた。

結局なにも話せないまま、とうとう高嶺がシリコンバレーに出張する日を迎えてしまった。今日話をしなければ三週間会えずじまいである。

だから絶対に今日こそ絶対に謝るのだと、朝食を作り待っていたのだが、個展の準備で体は疲れ切っていた。力尽きて、カウンターチェアに座ったままカウンターにうつぶせになり、うたた寝していた莉央は、気づけば高嶺によってベッドに運ばれていた。

(どんな気持ちで私をベッドに運んでくれたんだろう……。ただの親切……とか?)

待っているのと、自分から追いかけて声をかけるのとでは、断然待っているほうがハードルが低い。だから頑張ってキッチンにいたのに、この体たらくだ。

きっかけは小さなやきもちだ。だが最近のすれ違い生活が、すっかり莉央を怖じけづかせてしまった。

もしかしたら高嶺は自分を持て余しているのかもしれない。そんな考えが浮かんでくる。

だから、声をかけようと思った瞬間に喉が詰まる。高嶺の後ろ姿を見るだけでドキドキして胸が苦しくなる。結果、なにも言えなくて逃げてしまう。

唯一、本音でなんでも言いたいことを言える存在だった高嶺が、世界で一番遠い存在になってしまったような気がした。

(このまま話せなくなったらどうしよう……。いや、それどころか嫌われてしまったら?)

結局莉央は、面と向かって嫌われるくらいなら逃げたほうがマシと、間違った判断をしてしまったのだ。

(電話で謝る……? でも大事な仕事で出張に行くのに邪魔しちゃ悪いよね……)

モヤモヤと中学生のように考え込んでは、答えが出ないまま同じ場所を行ったり来たりしている。

「もう、やだ……」

思わず泣き言が漏れた。

そこでプルル、とスマホが着信を知らせる。見れば設楽からだった。

「……はい」

《設楽です。莉央、聞きましたよ。行き詰まっているようですね》

どうやら水森から連絡がいったらしい。忙しい師を煩わせては申し訳ないと思いつつ、莉央はうなずいた。

「はい、かなり……でも大丈夫です。そのうち描けると、思います……」

《その様子じゃ信じるのは難しいですね》

設楽は莉央の落胆を軽やかに笑い飛ばし、

《他にもなにかあったのでしょう》

と、ささやいた。

「そっ……そんなことはないですよ」

《そうでしょうか。怪しいなぁ》

「本当になにもないですから」

慌てて否定したが、設楽から感じる余裕に、ほんの少し気持ちが軽くなった。

高嶺と京都から戻ってきてからすぐに、莉央は設楽に連絡を取り、高嶺と気持ちが通じ合ったこと、これからふたりで頑張っていくつもりであることを伝えた。そして設楽についていくことはできないと告げた。

設楽なくして今の自分はありえないことを重々承知していたし、設楽には感謝してもしきれないのだが、高嶺を愛してしまった今はどうしようもない。

せめてもと、莉央は精一杯心から設楽に謝罪したのだが、設楽は莉央をひと言も責めず、『莉央の選んだ道を応援します』と言ってくれたのだ。

その言葉は嘘ではなかった。今日だって莉央のスランプを聞いて、気遣いの電話をくれた。

（先生……今まで通り、振る舞ってくださるんだ）

ありがたいと思いつつ、それからしばらく設楽と他愛もない会話をする。画の話をしていると気持ちが安らぐ。スランプとは別問題で、やはり画を描くことは莉央の一部なのだ。

そして会話の途中で、設楽から《うちに来なさい。いいものを見せてあげますよ》と誘われた。

「いいものってなんですか？」

《それは見るまでの秘密です。あなたの力になれるかもしれませんから、まぁお楽しみに》

正直、その言葉を頭から信じることはできなかったが、冗談めかしていても、設楽の気遣いである。もちろん無下にすることはできない。

「準備してから伺います」と告げ、通話を終えた。

シャワーを浴び、身支度を整えた莉央は、ふとリビングのテーブルの上にメモがあることに気がついた。

なんと高嶺から手書きのメモである。

そうか、手紙という手があった！　どうして気づかなかったのか。

歯がゆく思いながら、急いで文章に目を通す。高嶺の文字はとても丁寧に書かれている。

読み進めるうちに莉央の大きな目に涙が溜まっていく。

「ではお待ちしています」

《はい、先生。準備してから伺います》

莉央との電話を切り、設楽は十年前に自分が描いた画を振り返る。

莉央に見せたいと思ったのは、設楽が最高傑作と自負している一枚の画である。それは今の設楽の地位を確固たるものにした作品で、死ぬまで手元に置いておきたいと思っているものだった。

電話の莉央の声は、かなり憔悴《しょうすい》した様子だった。

個展の目玉になる新作がまだできておらず、意気消沈していると教えてくれたのは、水森だ。

（少しは力になれたらいいのだけれど……）

莉央に高嶺を選んだことを聞かされても、設楽の気持ちはなにも変わらなかった。

莉央は生まれたての雛鳥《ひなどり》のようなもので、おそらく高嶺から注がれる愛情をそのまま素直に返しているだけなのだ。

人生は長い。自分にチャンスがないとどうして言えるだろう。

（画のことを持ち出せば断れない莉央につけいるような真似をして、私も悪い大人ですが……）

それから間もなくして、莉央が設楽のアトリエにやってきた。

「いらっしゃい、莉……莉央？」

ドアを開けた設楽は絶句した。目の前に立つ莉央が目を真っ赤にして泣いていたからだ。

「莉央、どうしたんです」

慌てて腕をつかみ、玄関の中に招き入れると、莉央はよろよろしながら、また涙をこぼす。

「うっ、うっ……ひっくっ……」

「泣いていてはわかりませんよ。どうしたんです」

できるだけ優しく設楽は問い詰める。

すると莉央は、子供のように手の甲で涙を拭い、身を引き絞るようにして叫んだのだ。

「私、あの人の前だといい子になれないんですっ!」

あの人とは高嶺のことだろう。だが〝いい子になれない〟というのはいったいなんなのだ。

戸惑いながらも設楽は莉央を落ち着かせようとした。

「莉央はいつでもいい子でしょう。私はもっと怒ったり不平不満を口に出していいと思ってますよ?」

「……っ、違い、ます!」

莉央は設楽の言葉に首を振り、唇を噛みしめる。

「私っ、ささいなことで、やきもち焼いて、好きなのに、素直になれなくて、ほんとう、あの人を困らせてばかりなんです! こんなの間違ってる、ちゃんとしなきゃって思うのに、自分の心が、思い通りにならないんですっ! 好きなのに、嫌われたくないのに、いろんなこと考えて、空回りして、こんなんじゃ嫌われちゃう……。ううっ、ヒックッ……」

彼女が内に秘めた激情家であることは知っている。芸術で身を立てようとする人間には、多かれ少なかれこういうところがあって当然なのだ。

だが設楽の知っている、どこか世間を達観したような目をしていた悲しげな莉央はそこにはいなかった。悔しいが、こんな姿を知っているのは高嶺だけなのだろう。

「三週間いないんですっ……」

「いないって？」

「お昼の飛行機……お昼に出て、シリコンバレー、お昼に着く感じだってっ……」

「シリコンバレー？」

いつも冷静な莉央が支離滅裂なことを言っている。ただ前後の流れから考えてみれば、高嶺がアメリカ出張で三週間留守にするということはなんとなくわかる。

設楽は完全な敗北感に打ちのめされながらも、「どうしよう」と泣く莉央を、『やっぱり私にしなさい』と、横から奪うような気持ちにはなれなかった。

男の長年の勘で、今の弱りきった莉央なら言葉を尽くし、態度で示すことで、自分のものにできそうな気はしている。その先にたとえ未来はなくとも、一年か二年、莉央のそばにいられたらその思い出だけで死んでいけると思うくらいに、彼女を思っている。

けれど設楽のとった行動はまったくの真逆だった。

「しっかりなさい、行きますよ」

腕時計に目を落とし、時間を確認すると、しゃくり上げている莉央の手をつかみ、ドアの外へと向かう。

「せんせい……？」

この選択を後悔する日が来るかもしれない。けれど結局自分は、長く莉央の師でありすぎたのだ。

設楽と乗り込んだタクシーの後部座席で、莉央は手の中のメモを開いた。

ヨレヨレになってしまったそれを、膝の上に広げて、手のひらで伸ばす。

【莉央へ

十年間、君が俺にどんな気持ちを抱いていたかわかってる。

だから胸の奥に抱えていた憎悪が愛に変わったとしても、

それがすべて消えてなくなるとは思っていない。

それでもいい。俺は莉央のそばにいたい。
莉央から与えられるものなら痛みでも構わない。
それはこの十年間で俺が君につけた傷だから。
けれどもし俺の存在が、
莉央が画を描くことの枷になっているのなら、邪魔になりたくない。
離婚届はすぐに出せる状態で、天宮に預かってもらっている。
いつ出してくれてもいい。住まいの心配もしなくていい。
あのマンションは莉央のものだ】

高嶺の文章はそこで終わっていた。

だがよく見ると、さらになにかを書きつけたのか、メモの下のほうがジグザグにちぎり取られていて、彼が迷いながらこの文章を書いたのだとわかる。

高嶺は、莉央が己の感情に振り回されて苦しむのを、自分のせいだと思ったらしい。

自分が身を引いて莉央が楽になれるのならそうしようと提案しているのである。それは莉央の望みを叶えることにはならないのに。

純粋な思いは、優しさは、他人から見ればどこか滑稽なものなのかもしれない。けれどその子供のようなまっすぐな優しさが、莉央の目を覚まさせた。

「莉央、第一ターミナルの南ウィングに着きますよ。向かいながら彼の携帯に電話しなさい」

「はいっ……」

涙を拭いて、タクシーから降りる。振り返ると「早く行きなさい」と手を振られた。

「すみません、先生、私……！」

「もう十分わかりましたよ」

後部座席に乗ったままの設楽は、苦笑しながら「早く行きなさい」と微笑んだ。

その笑顔に莉央は胸がいっぱいになりながら、

「ありがとうございます！」

体を折るようにして頭を下げ、それから走り出した。

(人は私のことをひとりでなんでも我慢しすぎだと言う。けれどそれはなんとなく違うように思う。私には家族や友人がいる。支えてくれる人がいる。だからこうやって失敗しても、何度でもやり直すために走ることができる。私はひとりじゃない)

走りながら莉央は思う。

(正智さんも、京都に来てくれた時はこんな気分だったのだろうか。私を失うかもし

れないと、焦燥感に駆られながら、税所のビルを駆け上がったのだろうか)

想像してみる。

(正智さんがいない世界?)

確かに高嶺がいなければ悩まないでいられるかもしれない。どうでもいいようなことで嫉妬して苦しむこともなくなるかもしれない。

けれど今の莉央に、高嶺のいない世界などありえないのだ。そして結局のところ、こんなふうに馬鹿みたいに泣いて走らなければいけないのは、全部自分が素直になれないせいなのだ。

(神様お願いします、こんな時に神頼みなんて本当に恥ずかしいけど、もし正智さんの出発に間に合ったら、今後はもっと素直でかわいい人間になります!)

昼に出るというのなら、おそらくロサンゼルス経由の飛行機だろうと設楽が教えてくれた。

出発ロビーがある四階へと向かいながら、携帯を鳴らし続ける。出てほしいと必死で願いながら、エスカレーターを駆け上り、人混みをかき分けた。

《……莉央?》

耳に押しつけたスマホから、高嶺の声が聞こえた。

会話が途切れそうになる。唇を噛みしめながら叫んだ。


「どこ!? 今、どこにいるの！」

《えっ？ 搭乗手続きを終えたところ……って、莉央こそ今どこにいるんだ！》

莉央の声の後ろに空港アナウンスを聞き取ったのか、高嶺が慌てたように問いかける。

「出発ロビーよ、でも人が多くて……！」

実際のところ、ロビーはかなり混雑していて、周囲を見回しても行き交う人の顔など区別がつかない。この中から高嶺を探し出すのは難しそうだ。

莉央はぎゅっと拳を握り、それからスマホに頬を押しつけた。

「このままでいいから、聞いて。私、今、生まれて初めて恋をしているの。こんな気持ち初めてなの。あなたのことを考えすぎて、塗り潰されそうで、怖くて、子供みたいに逃げてしまった……！ でもあなたのいない人生なんて、もう考えられないの！もう少ししたら、私ちゃんと大人になるわ。大人になって、もっと上手にあなたに恋できるようになるから、お願いします、まだ私のこと離さないで！」

「莉央！」

名前を呼ばれて、全身の血がたぎる。

声の聞こえたほうを振り返ると、背の高い高嶺の顔が見えて、そして次の瞬間には、両腕で抱きすくめられていた。

「ダメだ、莉央……」

「だ、ダメって？」

恐る恐る彼の背中に腕を回す。会えた喜びに、空まで飛んでいけそうな気分になる。

彼もまた全力疾走してきたのだろう。ジャケットの下はTシャツだったが、一枚の布ごしの高嶺の体はそれ自体がエネルギーを発しているかのように熱く燃えていた。

「上手に恋なんてしなくていい。そうやって、一生俺を振り回してくれていい。莉央は莉央らしく、俺を思ってくれたらいい……」

「一生って……」

夫が付き合いの接待に行ったくらいで激しく嫉妬して拗ねるような妻に、一生付き合うなどと言っていいのだろうか。

「そんなこと言って大丈夫なの？」

顔を上げ、フフッと笑う莉央を見て、高嶺は眩しそうに目を細め、

「本望だが？」

と笑い、それからまた強く抱きしめる。

「あー、これから三週間莉央不足か……」

莉央を見つめる高嶺の青墨色の目が、色っぽい輝きを帯び始める。

「キスしていいか。愛おしすぎて、さすがに耐えられそうにない」

「えっ、こっ、ここで⁉」

さすがに人目が多すぎて、莉央はプルプルと首を振った。

「無理よ、はずかし……っんっ……」

無理だと言ったのに、噛みつくようなキスで唇を奪われてしまった。

国際線ターミナルで抱き合うカップルなどそう珍しくもないと、莉央は自分に言い聞かせようとしたが、さすがにこれは、嬉しいよりも恥ずかしさが勝る。

なんとか高嶺を押し返したが、彼はぎゅうぎゅうと莉央を抱きしめて悩ましげにため息をつく。

「ダメ、無理。マジで無理だ……。こんなかわいい莉央と三週間も会えないなんて嘘だろ……。絶対夢に見る。地獄だ。やっぱり俺行くのやめて天宮を代わりに行かせるか……」

半ば本気っぽいささやきに莉央は慌ててしまった。

「ダメよ、そんなの。天宮さんに迷惑かけないで」

「……どうしても？」

「どうしてもよ」

「はぁ……」

高嶺は渋々うなずいて、それから莉央の目の端に残る涙を指で拭った。

「これから三週間の間、つらくなったら会いに来てもいいぞ」

「ううん、行かない。私は私の仕事を全うするから」

「……だな」

莉央の返事はわかっていたようだ。

高嶺は莉央の額にキスを落とし、それから今度は耳元に顔を寄せた。

「個展が終わったら覚悟しとけよ。溜め込んだ有給全部使ってしばらく莉央を独占する」

「えっ……！」

重低音のささやきに甘美な色が乗って、莉央の心の中に音楽のように軽やかに響く。

（それってその、あれ？）

「顔、真っ赤」

高嶺はくすりと笑ってまた顔を傾ける。莉央もつられるように目を閉じていた。
二度目のキスは、触れるだけ。尊敬の念を込めた優しいキス。
莉央の心に温かいものが広がる。
画を描こう。心に思い浮かぶこの景色を描こう。
きっともう迷わない。

エピローグ

それから三週間後。銀座の銀嶺堂で莉央の個展が開かれた。

初日の今日は、入場制限がかけられるほどの盛況ぶりだった。日本画家、結城莉央の誕生である。

「莉央さん、お疲れ様。設楽先生は、最終日に帰国して直接ここに来るそうよ」

「はい。早く見ていただきたいです」

設楽は今、個展でパリにいるのだ。

これからはひとりの画家として自分の責任で筆をとるとはいえ、なにはともあれ、設楽なしではこの成功はありえなかった。

水森と話しながらも、キョロキョロと周囲を見回す。すでに開場時間は終わっているのに、まだ人が何人か残っていた。

「ご主人なら二階にいたわよ。それにしても個展初日に中に入りきれないほどのお花を妻に贈るなんて、なかなか素敵じゃない。一番のファンなのね」

「あ、はい……三週間分……というか……なんというか……」

水森の指摘に顔が赤くなる。

水森はまだここで来場者の対応をするというので、ひとりで二階に上がる。

「正智さん」

閉場三十分前にかろうじて滑り込んできた高嶺は、体にフィットした英国風のスーツ姿でバッチリと決めていた。

あの熱烈な空港での別れから三週間ぶりの再会だ。彼が銀嶺堂に姿を現した時は、飛びつきたいくらい胸が高鳴ったが、あまりにもドキドキしすぎて、先輩に憧れる女学生のように、視線で彼の姿を追うことしかできなかった。

「これなんだな。莉央がずっと描きたかったものって」

二階の一番いい場所に、線のように細い額に収められた画があった。高嶺はずっとひとりでその前に立っていたようだ。

莉央が今回の目玉にした画は、手前に太陽が沈み、奥に月が昇る、非常に美しい画だった。

金箔を貼った空と、水墨色の月。赤い太陽。ダイナミックな配置と色使いと構図には、設楽のコネで個展までこぎつけたに違いないと決めつけ、辛口批評をしてやろうとやってきた口うるさい批評家たちをも、ねじ伏せる力があった。

「うん」

月も星も太陽も、いつもより綺麗に見えるのは、金色に輝くあなたがいるから。そんな思いを込めて描いたのだ。

じっと画を眺める高嶺の隣に立つと、優しく肩が抱き寄せられる。

この時間が幸せすぎて、涙が出そうだった。

しばらくそうやって見入っていた高嶺だが、和装の莉央を見下ろして、思い出したように眉根を寄せる。

「その着物……」

「気づいた？　あなたのところに初めて行った時のものよ。いちばんのお気に入りで、ここぞという時に着るって決めてるの」

にっこりと笑う莉央に、高嶺は苦笑する。

「似合ってるけど、それ見るたびに当分ヒヤッとしそうだな」

高嶺はタカミネコミュニケーションズの社長室に、初めてやってきた莉央の姿を思い出す。

「『初めましてこんにちは。あなたの妻です。早速ですけど離婚してくださる？』って笑ったんだ。あんまりにも綺麗で圧倒されて……だからムカついて、絶対離婚してやらんと決めた俺を褒めてやりたい」

「そうね、負けず嫌いの正智さんのおかげね。ありがとう」

ふたりはくすくすと笑い、ふと穏やかに見つめ合う。そして当然のごとく、吸い寄せられるように唇を重ねた。

莉央は思う。自分の恋はまだ始まったばかりなのだと。

この人のことを大事にしよう。空に太陽と月があるように、自分にとって不可欠な存在のこの人を、愛し抜こう。

「正智さん」

「ん？」

莉央の頬に指を滑らせながら高嶺は愛しい妻を見つめる。すると彼女は艶っぽく笑いながら、小さく首をかしげた。

「有給とってくれた？」

空港で別れの時に口にした、半ば本気の軽口を、莉央は覚えていたようだ。

「翔平が怒り狂うレベルで」

内心震えるほどの興奮を覚えながら、たまらず高嶺は莉央の体を抱き寄せていた。

番外編

高嶺正智の有給休暇

　個展最終日から五日後。連日打ち上げという名の接待や、取材の仕事が山積みだったが、ようやく一息つくことができた莉央は、開放感に包まれていた。

「とりあえず今日と明日、なにもしなくていいの！」

　昨晩深夜に帰宅してそのまま泥のように眠った莉央は、昼にベッドから飛び起きた瞬間から、妙なテンションで歌でも歌いたくなっていた。

「明後日は？」

「美術雑誌の取材があるけど。明後日のことだから、いったん忘れてもいい……はず」

　高嶺の問いに、思わず気まずくなり、子供のような言い訳を口にすると、高嶺がくすりと笑った。

「現実逃避か」

「まぁ、そうとも言うわね」

　少し恥ずかしそうに笑いながら、莉央はキッチンでコーヒーを淹れ、ソファでゆったりとタブレットを見ている高嶺に渡した。

「どうぞ」

「ありがとう」

タブレットを真剣な様子で眺める高嶺の隣に座り、コーヒーを飲む彼の横顔を見上げる。

（やっとふたりきりになれたんだもの。嬉しいな）

ちなみに高嶺はもちろん有給休暇中。天宮からもぎ取った有給休暇は一週間なので、残り二日でようやくふたりの時間を過ごせることになる。

高嶺としては、過去十年、一度も使ったことがなかったので、数カ月レベルで取得するつもりだったらしいのだが、『株主総会前にそれはやめてくれ』と天宮に泣きつかれた莉央に止められて、とりあえず一週間ということになった。

「よし」

高嶺はタブレットのケースをパタンと閉じてコーヒーを飲み、隣に座る莉央の額に唇を寄せた。

「今日から一泊、北陸の温泉宿を予約した。行こう」

「えっ⁉」

「頑張った莉央の慰労だ」

莉央の目がまん丸になる。

(今から慰労で温泉? 温泉!?)

個展の準備と高嶺の出張で、ふたりの時間は今までなきに等しかった。だからこうやってふたりでコーヒーを飲むだけでも十分嬉しかったのに、それがいきなり一泊旅行だという。

旅行ということは当然、その間ずっと一緒にいられるのだ。

(嬉しい……!)

莉央は興奮のあまり一瞬口がきけなくなっていたが、次の瞬間、高嶺に飛びついて、叫んでいた。

「ありがとう!」

東京から越後湯沢《えちごゆざわ》まで新幹線で約一時間半。本当にあっという間に着いてしまった。宿をとってからの高嶺の行動力には唖然とするばかりだ。

「国境の長いトンネルを抜けると雪国であった……」

新幹線を降りて、駅のホームに降り立った莉央は、しみじみとつぶやきながら辺りを見回す。もちろん春なので雪はないのだが、名著の舞台だと思うと心が弾む。

幸い天気に恵まれ、空はどこまでも青く澄み切っている。

改札を出てタクシーに乗り込み、高嶺が予約した老舗旅館にチェックインしたのは午後三時だった。

「いらっしゃいませ」

和服姿の女将に出迎えられ、通された部屋はこの旅館で四つしかないという離れである。

「わぁ……」

木の香りがふんわりと漂う贅沢な部屋だ。駆け寄った窓の外には緑が目に眩しい、この部屋のためだけの日本庭園が広がっている。

（あとでこの庭を描いてみようかな……）

個展が終わったばかりだというのに、ついそんなことを考えてしまう莉央である。

そうやって美しい庭をうっとりと眺めていると、高嶺が後ろから莉央を抱きしめてくる。

「源泉掛け流しの露天風呂付きだ。あとで一緒に入ろう」

「えっ！」

今高嶺は『一緒に』と言っただろうか。

莉央は顔を真っ赤にさせて体を硬直させる。

「い、一緒にって、そんな……ほんとに？」

「もちろん。一緒に入るって決めてる」

莉央はもちろん知らないことだが、羽澄に『幼い頃莉央と一緒にお風呂に入っていた』と言われたことを、高嶺は根に持っているのだ。

とはいえ、さすがに莉央は恥ずかしい。まだそういう関係にもなっていないのに、いや、そういう関係になる前に入るものなのか、まるで見当もつかない。

「えっと、あの……」

「入りたい」

高嶺はまったく譲る気がなさそうだ。

莉央は、自分が求められていると実感して、胸の高鳴りを覚えた。心臓のあたりがきゅうっと締めつけられる。

「莉央、大好きだ。断らないでくれ」

なんだかんだと、ずるずる先延ばしされてきたが、高嶺の率直な愛情は莉央を幸福な気分にしてくれる。

それに自分だって、高嶺のことを大事に思っている。愛しているからそばにいたい。

彼が自分を求めてくれるように、自分だって彼を求めているのだ。

「——わかりました」

悩んだが、決死の覚悟でうなずいた。その瞬間、高嶺の顔がパッと明るくなる。

「莉央！」

あまりにも嬉しそうな彼の表情に、莉央はまた恥ずかしくなったが、こんなに喜んでくれるのなら、一緒に風呂に入るくらいどうということはない。

莉央はそう自分に言い聞かせて、笑顔の夫を見つめた。


昼食をとっていなかったふたりは、部屋で早めに夕食をとった。

「美味しいものを少しずつって最高の贅沢ね。ごちそう様でした」

「目にも綺麗だったたな」

「うん。本当に」

海のもの、山のもの、すべてがモダンな食器に品よくのせられているのを見て、莉央は途中スケッチブックを出し、写生してしまったほどだ。

（いきなり連れてきたが、楽しんでいるようでよかった）

高嶺は内心ホッとしていた。

莉央は女将に勧められた日本酒を飲みながら、庭に視線を向けている。

日が落ちて淡くライトアップされた庭はなかなか風情があったが、高嶺の目を引くのは美しい庭でもなんでもなく、ただ莉央ひとりだけだ。

「莉央、そんなに飲んで大丈夫か？」

「大丈夫よ。私わりといけるクチなんだから」

個展の間は当然一滴も飲んでいなかったが、もともと莉央はアルコールが嫌いではないらしい。

スッと立ち上がり、テーブルを回り込んで高嶺の隣に座った。

「正智さん、どうぞ」

「ん、ありがとう」

莉央に酌をしてもらうと、なんだかおままごとのようだと思わないでもないが、かすかに頬を染めてニコニコしている莉央がかわくて仕方ないので、オッケーということにする。

「莉央」

両手を伸ばして彼女の肩を抱き寄せる。おとなしくもたれてくる、莉央の顎先を指で持ち上げ、口づけた。

莉央の、伏せた長いまつげの先がかすかに震えている。

「莉央……」

重ねた唇を外して名前を呼ぶと、莉央の大きな瞳がまっすぐに見返してくる。

なんと美しい瞳だろうと高嶺は思う。

莉央を初めて意識した日と同じように、いやそれ以上に、日々莉央が愛おしくてたまらなくなる。

頬にかかる髪を指で払い、もう一度口づける。

「莉央、愛してる……」

彼女の背中に手を当てて、ゆっくりと畳の上に横たえる。そして覆いかぶさるように抱いて、顔中にキスの雨を降らせた。

やっと、莉央を自分のものにできる。いや、すでに彼女は自分のものだと内心思ってはいるのだが、実際はそうではないわけで。

けれどそれをはっきり口にして、莉央に体が目当てだとは絶対に思われたくない。

そんな微妙な男心を抱えた日々が、ようやく終わりを告げるのだ。

食事の用意をしてもらっている間、隣の和室に布団が敷かれていたのはこっそり確認済みだ。このまま彼女を抱き上げて運んでしまおうか……。

「……正智さん」

そんなことを考えていると、唇が離れた瞬間、莉央が高嶺のシャツをつかんで引っぱった。

「お風呂、入るんでしょう?」

莉央が頬を染めて、はにかむように笑う。

(そうだった。あー、そうだった。自分で言っておいて、後でいいとはさすがに言えないか……)

若干墓穴を掘ったような気がしたが、一緒にお風呂に入るのも高嶺の立派な野望のひとつ。

莉央を抱き起こし、乱れた髪を手ぐしで整えてやった。

「じゃあ先に入って待ってる」

「うん」

莉央は顔を赤くしてうなずいた。

「はー……緊張する。はぁ……」

ここにきて、何度目かの深呼吸である。

長い髪を頭の上でお団子にし、体にきつくバスタオルを巻いて、莉央は脱衣所の鏡をじっと睨みつけていた。

畳の上で押し倒された時、このまま抱かれるのかと思った。けれど恥ずかしくて、ついお風呂のことを口にして逃げてしまった。

だが考えてみれば、お風呂もかなり恥ずかしいことに変わりはない。

(なんだか私の顔、私じゃないみたい)

うまく説明できないのだが、鏡の中には、自分ですら見たことのないような顔が映っていた。

(人は恋をすると顔つきまで変わるの?)

両手でパチパチと頬を叩く。

いつまでも高嶺を待たせるわけにはいかない。

勇気を振り絞り、からりと脱衣所のドアを開けると、湯けむりの向こうに人影が見えた。

変に考えるとまた足が止まりそうで、思い切って彼のもとへと歩いていく。

岩風呂に、高嶺が腰まで浸かっている。当然だが裸だ。

(どこに入ろう。向かい合って、それとも隣?)

悩みに悩んで、とりあえず彼の正面へと回り込み、肩まで湯に浸かった。

「いいお湯ね」

「……ああ」

静かな夜である。

「ね、見て。月、綺麗」

莉央の指先の向こうに月がある。月を見上げて、それから高嶺を見つめた。

「莉央」

高嶺が莉央に手を伸ばしながら近づいてくる。あっと思った瞬間、彼の腕の中に抱き寄せられてしまった。

ちゃぷん、とお湯が揺れる。顔を上げると同時に唇が奪われていた。

「ん……っ」

「……ダメだ莉央、そういう目で、見られたら、おかしくなる……」

どこか切羽詰まったような高嶺の声に、莉央の背筋がぞくっと震える。

「口を開けて……」

言われた通りに口を開けると、性急に舌がねじ込まれた。高嶺の舌が莉央の口蓋をなぶっていく。

お湯の音なのか、唾液を交換する音なのかわからない。

湯の中でぴったりと抱き合って、気がつけば体に巻きつけていたはずのタオルも剥ぎ取られていたが、そんなことはすぐにどうでもよくなった。

ずいぶん長い間、莉央は高嶺に全身を舐められ、すすられて、自分が削られてなくなっていくような気がした。

（このまま溶けてなくなってしまいそう……。そうなったらどんなに気持ちいいだろう）

「……一緒に風呂に入りたいと言っておいてなんだが、今すぐ出たい」

高嶺がどこか苦痛に耐えるような表情で、莉央を見つめる。

「うん……」

出ればどうなるか、もちろんわかっていたが、莉央も高嶺と同じ気持ちだった。

火照った体にシーツがひんやりして気持ちいい。もつれるように裸のふたりは抱き合う。

高嶺の手が莉央の髪をほどき、あやすように全身を撫で、足を開かせる。

もう莉央から、恥ずかしいと感じるような理性は吹っ飛んでいた。

莉央から少しでも苦痛を取り除きたいと、誠心誠意を込める高嶺の愛撫に完全にのみ込まれていた。

ゆっくりと高嶺を受け入れている間も、そして最奥まで埋められても、そこにほとんど苦痛はなかった。

「莉央、大丈夫か……？」

「んっ……」

大丈夫じゃない。本当はドキドキして死んでしまいそうだ。

けれど莉央はうなずいた。

（ああ、どうしよう……好きな人の苦しそうな顔、ドキドキする。かわいい……もっと、こんな顔、見たい……）

莉央はうっとりと高嶺を見上げる。

そんなはずはないのに、泣き出しそうに見えたから。

「正智さん、すき……」

シーツの上に投げ出していた手を高嶺の首の後ろに回し引き寄せ、自分からキスをした。

「莉央っ……」

莉央の中で暴れ始める高嶺が愛おしくてたまらない。

塗り潰されたい。塗り潰したい。この人のすべてが欲しい。

愛したい、愛されたい。触れたくて、触れられたい。もっと、もっと、自分だけを見てほしい。

なにひとつ取りこぼしたくなくて、波のように押し寄せてくる快感と、痛みと、陶酔と、ほんの少しの嗜虐《しぎゃく》心の中で、莉央は高嶺の体にしがみつく。

自分がこんな貪欲《どんよく》な人間だとは知らなかった。

視線が絡み合う。高嶺の青墨色の瞳は宝石のように輝いていた。

この世の宝のようなその目で見つめてもらえる自分は彼にとって価値がある存在で、なにより愛されているのだと唐突に気づいて泣きたくなる。

（描きたい……。この目を覚えておきたい……）

「莉央……愛してる。これからもずっと」

高嶺の誓いの言葉に莉央は微笑む。そしてそのままゆっくりと意識を手放していた。

時計の針は深夜三時半をさしていた。

高嶺の腕の中で莉央は後ろから抱きかかえられ、ぐっすりと眠っている。

目を閉じた莉央があまりにも美しいから、生きているのかと何度も口元に耳を寄せ、息を確かめずにはいられなかった。

そしてそのたびに、白い頬にかかる黒髪を払い、涙の跡が残るまぶたにキスをする。

ここにいるのは人形じゃない。生身の人間の莉央だ。

こんなに激しい気持ちで、誰かひとりのことを思ったのは、父親を憎むこと以外では初めてだった。

父親を憎むあまり、莉央の人生を狂わせた。

だから自分は、莉央を思うあまり、また誰かを傷つけたりはしないだろうか。そして莉央を悲しませることはないだろうか。

不安な気持ちが胸をよぎる。

「……ん」

莉央が寝返りを打ちながら、高嶺の腰に手をのせ、裸の胸に顔をすり寄せる。

その安心しきった仕草に、愛おしさで胸がいっぱいになる。悲しくもないのに、なぜか一瞬涙が出そうになった。

（いや、不安になる必要はない。莉央を見ている限り、彼女にふさわしい男であろうと思う限り、俺はきっと大丈夫だ）

高嶺は神など信じているわけではないが、それでも願わずにはいられなかった。

（願わくば、ただ一日でも長く、莉央が俺を愛してくれますように。そして彼女を支えられる場所に立っていられますように）

そう願いながら、腕の中で眠る彼女にそっとキスをした。

星の数ほどの幸せを君に

　シブヤデジタルビル最上階、タカミネコミュニケーションズの社長室で、高嶺は深い絶望に打ちひしがれていた。長い手足を放り出すようにして応接セットのソファに横になり、天井をぼーっと眺めている。

　季節は秋。窓の外の街路樹の葉っぱが黄色く色づく美しい季節だが、この部屋だけまるでお通夜のように薄暗い。

「マサ、さっきのメールちゃんと見たー？　って、おわっ⁉」

　社長室にノックなしで入ってきたのは、副社長の天宮だ。

「なんなの、なんで電気消してるの、真っ暗なの？　なにやってるの。まだ朝の十時だよ。てか、出勤して一時間この状況だったの？　ダラッとするには早いんじゃないの？」

　よっぽど驚いたのだろう。天宮はいつもより多めに文句を言いながら、持っていた資料を高嶺のエグゼクティブデスクの上に置くと、部屋の明かりをつけ、ブラインドを上げる。じわじわと部屋に光が差し込み明るくなり、ソファの上に寝転がった高嶺の姿があらわになった。

「マサ？」

「ああ……」

呼びかけに答えはするが、ソファから体を起こさない。というか完全に動く気のない雰囲気だ。

これは重症だと察知した天宮は、腰に手を当て、ソファに大の字で横たわったままの高嶺を見下ろし、ため息をついた。

「どうしたの、なにかあった？」

「莉央にな……今朝、結婚指輪を買おうかって話したんだ。実はずっと前から考えていて……だが莉央は画家だし、美意識も高いし、勝手に俺が選んでも、喜ばないかもしれないと思って……とりあえず一緒に選びに行けたらと思ったんだ」

「ああ、そっか。結婚十年とはいえ、確かにそういうの、持ってなかったもんね。必要だね」

天宮はうんうんとうなずきながら、顎のあたりを撫でる。

「なのに、いらないって言われたんだ……」

「――えっ？」

「いらないんだと。結婚指輪」

「へぇ……」

天宮は目を丸くした。

「ちなみにどうして？」

そもそも天宮が知る莉央は、いつも真面目で真摯だ。他人の好意を無下にするような女性ではない。なにかしら理由があると思うのが当然だろう。

「聞けなかった……」

うめくようにささやいて、高嶺は両手で顔を覆う。

「えぇーっ。聞けなかったってなんだよ、それ」

「無理……」

「はぁ？」

「いつか俺と別れるつもりだからいらないと言われたら、もう無理」

「いやいやいやいや……」

天宮は苦笑いしながら、乙女のように顔を覆ったままの親友を見下ろす。

莉央とは、十日ほど前に友人の経営するレストランで、三人で食事をしたばかりだ。至って普通だったたし、おかしなところはまったく見受けられなかった。相変わらずふたりは仲睦まじく、ちょっとばかり羨ましくなったほどである。

「それはないでしょ……」

だが高嶺はハァ、とため息をつく。

「ある……もう俺は駄目だ」

そしてソファの上で、高嶺は駄々っ子のようにうつぶせになった。

（ちょっとわざとらしかったかな……？）

一方莉央は、高嶺を見送った後、身支度を整えながら、彼が出かける前に口にした結婚指輪の話を思い出していた。

それは本当に唐突な提案だった。いつものようにお弁当を渡し、玄関で行ってきますのキスをした後、さらりと言われたのだ。

『そういえば、俺たち、結婚指輪がなかったよな』

『え？』

『よかったら今度買いに――』

『い、いらないっ！』

高嶺の声を遮って、莉央は叫んでいた。

『結婚指輪は、いらないと思う!』

高嶺は目を丸くしたが、『そうか』とうなずいて、『じゃあ行ってくる』と仕事に向かった。

いらないと思う、という発言は我ながら幼稚すぎたので、どう思われただろうかと少し不安に駆られる。高嶺に不審に思われては元も子もないのだ。

(でも正智さん、さらっと出ていったから、大丈夫かな……)

そもそもアクセサリーの類はほとんど身につけない莉央だが、さすがに結婚指輪を本気でいらないと思っているわけではない。だが、それを高嶺からプレゼントされるのは困るのだ。

莉央は薄くリップを塗った後、壁にかかっている時計を見上げる。午後二時を過ぎている。約束の時間は三時だ。

「大変、遅れちゃう……!」

バッグをつかみ、急いでマンションを飛び出していた。

三時から一時間の予定を済ませ、買い物をして帰宅する。まず夕食の下ごしらえをし、今度は自分の部屋に閉じこもる。高嶺に内緒で、かれこれこんな生活を一週間ほど続けているが、日程的にギリギリで、若干焦りが生まれていた。

そのため、いつもより深く集中することになり、気がつけばあっという間に三時間ほど経ってしまっていた。そろそろ高嶺が帰宅する時間だ。

タイマーをかけてはいるが、場合によってはタイマーの音さえ聞こえない時があるので、注意が必要だった。

このミッションは、絶対に高嶺には知られてはいけないのだから——。

「大変、もうこんな時間……！」

莉央は作業の手を止め椅子から立ち上がると、とりあえず形跡を拭い去るためにシャワーを浴び、それから慌ててキッチンに向かい、下ごしらえをしていた食事の用意に取りかかった。

莉央と一緒に暮らすようになってから、高嶺はきちんと毎日帰ってくるようになった。それまでは月の大半を会社で寝泊まりしていたらしい。

ここ数カ月、毎日シリアルとゆで卵、プロテインという偏った食事をしていた高嶺の体の調子を整えることが、莉央の目標だった。最近その効果が表れ始めたのか、『よく眠れるようになったし目覚めがいい』と高嶺が言い始めたので、健康に関してはようやく少し安心できるようになったのだ。

ちなみに今日の献立は、高嶺が大好きなロールキャベツのトマトソース煮込みと、サツマイモのサラダ、そして蕪《かぶ》の豆乳スープ。どれだけ忙しくてもこれだけは手を抜けない。

手際よく調理を済ませた頃に、高嶺が帰ってきた。

「──ただいま」

「おかえりなさい」

莉央は豆乳スープの味を見た後、火を止めて高嶺のもとへと向かう。

「お仕事お疲れ様でした」

そして高嶺をじっと見上げた。

いつもはここで、高嶺はぎゅうっと莉央を抱きしめてくれるのだ。莉央はそのつもりで彼の前に立った。

だが高嶺はなにか言いたげに莉央を見下ろすだけで、なかなか手を伸ばしてこない。

いったいどうしたのだろう。

「正智さん?」

莉央が首をかしげると、ハッとして、どこか慌てた様子で莉央を抱き寄せた。

「すまん、ぼーっとしてた……」

最近よく眠れるようになったとはいえ、彼が責任ある立場であることは変わりない。

莉央には計り知れない重圧があるに違いない。

「大丈夫？」

抱きしめられた莉央は腕を伸ばし、愛する夫の背中を優しく撫でる。

すると莉央を抱く高嶺の腕に力がこもった。

「大丈夫だ」

とはいえ、高嶺より二十センチ以上小さい莉央にしがみつくように抱きつく彼が、莉央は心配だった。

（きっと仕事で心労が溜まってるんだわ……）

妻の自分ができるのは、彼をゆっくり休ませることだ。

「先にゆっくりお風呂に入ったら？」

「莉央は？」

「私はもうシャワーを浴びたから」

「出かけてたのか」

「えっ？　あ、うん……いや、うん……出かけてない」

高嶺の問いかけに、莉央の心臓はドキッと跳ねる。

「…………」

「ほら、お風呂お風呂！　出たらすぐにご飯にしましょうね」

もともと器用に嘘がつけるタイプではない。

莉央はなにか言いたげな高嶺の胸をぐーっと押し返すと、くるっと背中を向けて、またキッチンへと戻っていった。


翌朝、恐る恐る天宮が社長室のドアを開けると、案の定真っ暗だった。

「今日もかよ！」

ツッコみながらずかずかと部屋の中に入って電気をつけ、ブラインドを上げる。

「ってか、そこにいたの⁉」

昨日はソファの上に大の字になっていたが、今日はエグゼクティブデスクの上に、突っ伏していた。

「おいおい、どうしたんだよ。昨日帰って、奥方様に指輪いらないって言った理由を聞かなかったの？」

いったいどんな理由かはわからないが、ちゃんと高嶺が莉央に問いただせば、『いつか別れるつもりだから指輪はいらない』なんていう高嶺の妄想はやっぱり妄想だったと、笑い話で終わるはずだ。

なのになぜか、相変わらず高嶺は落ち込んでいる。

「――聞こうと思ったんだ」

「うん」

「だけどな……ハァ……」

高嶺は机に頬をくっつけたまま、深いため息をつく。

「昨日、帰ってから莉央と一緒に風呂に入りたくて、誘おうとしたらシャワー浴びたって言われてな」

「うん」

「出かけてたのかって聞いたら、出かけてないと嘘をついた」

「嘘……？」

「莉央は嘘がつけないんだ。本当に心がまっすぐで根が正直だから、嘘をついたらすぐわかるんだ」

「まぁ……そんな感じするね。顔に出るし」

高嶺でなくとも少し勘の鋭い人間なら、莉央の嘘はわかるだろう。天宮はうなずいた。

「用意されていたメシは相変わらず手が込んでいて、めちゃくちゃうまかったよ。だけど莉央は俺と一緒に風呂に入りたくないし、出かけたのに出かけてないと嘘をついたんだ」

「ああ……なるほど」

なんだかおかしな方向に話がいっているぞと思いながら、天宮は体の前で腕を組んだ。

「それで？」

「――極めつけは、夜だ。当然一緒のベッドで眠って、愛してる女が隣にいたら、触れたくなるだろう。しかもちょっとばかり昨日の俺はナーバスだったしな」

「まぁね。愛情の再確認、したくなるかもね」

不安を拭い去りたいと思って当然だろう。

「だから……抱こうとしたんだ。だが、やんわり断られた」

「えっ……」

実にデリケートな問題だ。さすがの天宮も、その言葉に驚きを隠せなかった。

「拒否って、どういう感じで？」

「『正智さん、今日はやめておきましょう。少し疲れてるみたいだし、心配だから』って。で、抱こうとした俺の腕や肩をマッサージしてくれた」

「うーん……それは微妙だね……」

善意から言っているような気もするし、そうじゃない気もする。難しいところだ。

「莉央は優しいから、本当に体を心配してくれたのかもしれない。その時はそう思った。だがな……」

「だが？」

ごくりと息をのみ、天宮は高嶺の次の言葉を待つ。

「その後――こっそりベッドを抜けて、朝まで戻ってこなかった」

「――アウトーッ！」

天宮はバンッとデスクの上を叩き、それから大げさに髪をかき上げながら、天井を見上げた。

「マサ、それは駄目だ。駄目なやつだよ」

指輪をいらないと言ったことから綻び始めた小さな嘘と、肌を重ねることへの拒否が導き出す答えは、ひとつしかない――ように思える。

実際、そのことを考えて、高嶺はどうしようもなく落ち込んでいるのだ。

「だよなぁ……ああー駄目だ。俺はもう立ち直れない。自分でも気づかないうちに、莉央に嫌われたんだ。仕事なんかどうでもいい。社長はお前がやれ。明日からアマミヤコミュニケーションズにしろ。全部くれてやる」

そんな無茶な……と思ったが、さすがに高嶺がこの調子では仕事に差し障る。このままではいけない。

どうしたものかと、天宮は考え、決断した。高嶺に、荒療治として二日間の名古屋出張を命じた。まとまってもまとまらなくてもいいような、そんな案件を高嶺自ら商談に回らせることにしたのだ。

なんだかんだいって優秀な男なので、いざ仕事になればスイッチを切り替えることは天宮にはわかっていた。

天宮が常に用意している出張セットのボストンバッグを持たせ、渋る高嶺を無理やり新幹線に乗せた後、天宮は莉央に電話をかけた。急に一泊二日の出張になったと告げたのだ。

《そうなんですか……明日の夜、九時の新幹線で帰ってくるんですね?》

「うん、そうなんだよ。ごめんね、急に」

《いえいえ。ちょっと、ホッとしてます》

電話の向こうの莉央がクスッと笑う。

（ホッとしてる……？）

その言葉に引っかかった天宮は、さりげなさを装うのもやめ、思い切って問いかけてみた。

「どうしてホッとするのかな？」

《それはほら……先日、天宮さんが教えてくれたじゃないですか。あれの準備がギリギリだったから。でも帰ってこないなら、頑張れますし》

「――あれ？」

あれとはなんだ。莉央はなにを頑張ると言っているのだろう。そしていったい自分は、彼女になにを話した……？

頭の中で、チッチッチッとタイマーが秒を刻む。おそらく一緒に食事をした時のことだ……。少し考えて、ハッとした。

「ああ……あれ!?」

《そうですよ。準備が大変で……ふふっ》

大変と言いながらも、電話の向こうで莉央は楽しげに笑っていた。

一泊二日の名古屋出張を終えた高嶺は、東京駅からタクシーに乗り込んだ。

天宮の策略通り、一泊二日の出張で、高嶺の頭はまた回転し始めていた。とても通常通りとはいえないが、出張前よりはだいぶマシになっている。

【東京駅に着いた。今から帰る】

莉央にメールしたが、返事はなかった。

（いや、ひとりで落ち込んでも仕方ない。莉央とちゃんと話をしよう。まずなにも気づかなかったことを謝罪して、こうなった原因のあぶり出しと、これからの改善策を申し出よう……）

タクシーの後部座席から、窓の外を流れていく夜景を眺めながら、莉央のことを考える。

莉央とは絶対に別れられない。いくら莉央に呆れられたとしても、莉央なしの人生など考えられない。彼女を失うことなど、人生の終わりに等しい。誠心誠意心を込めて、彼女にひざまずき愛を乞うしかない。

ふと、自宅のマンションの近くで、手ぶらだったことに気がついた。

「すまない。そこの信号で停めてくれ」

支払いを済ませ、高嶺は慌ててタクシーを降りた。

過去、どんなプレゼンでも緊張したことがない高嶺だが、マンションのエレベーターに乗り込んだ時、最大限に緊張していた。その腕には美しくラッピングされたカトレアの鉢を抱いている。

カトレアは蘭の女王だという。莉央は自分にとって、心の女王だ。そんな思いを込めて選んだ。

「ただいま」

ドアを開けて、部屋の中に声をかける。だがリビングの明かりは見えるが、莉央は姿を見せない。

「まさか……」

胸がざわつく。

この状況を自分は知っている。莉央を失いかけたあの日と似ている気がした。

慌てて靴を脱ぎ、リビングに急ぎ足で向かった。

「莉央っ！」

「あ、おかえりなさい！」

叫ぶと同時に、ひょっこりと、莉央が背後のバスルームから姿を現した。

「……莉央」

ホッとしたのと、湯上りの莉央がとても綺麗に見えて、まるで夢でも見ているような気分になる。

「ごめんなさい、髪を乾かしていて……って、あ、どうして自分で花を買ってるの？」

莉央はフフッと笑いながら、鉢植えを持ったまま呆然と立ち尽くしている高嶺のもとに歩み寄り、にっこりと微笑んだ。

「お誕生日、おめでとう。正智さん」

「──えっ？　はっ？」

高嶺の切れ長の目が、まん丸に見開かれた。

今さら気がついたが、リビングやキッチンにはいつもより多めに花が飾られていた。

そして莉央の手によって、冷蔵庫やオーブンから取り出された料理が、テーブルの上に、次々と並べられていく。手作りのフルーツロールケーキ、サーモンと豆のサラダ、ごぼうのポタージュ、パン、牛ほほ肉のブルーベリーソース煮込み、エビのグラタンなど、かなり豪華なメニューだった。

「誕生日……だったのか」

高嶺はテーブルの向こうで、ワイングラスを傾けて微笑んでいる莉央を見て、何度も瞬きをした。夢のようで、いやこれは夢じゃないと、何度も確かめたい気分に駆られた。

「そうよ。正智さん、もしかして自分の誕生日、覚えてなかったの?」

「なかった」

「そうなんだ……。私、天宮さんに誕生日を聞いてから、怪しまれないように精一杯こっそり隠してたつもりだけど、逆に怪しかっただけなのね」

莉央は恥ずかしそうに笑って、それからグラスを置き、テーブルの下から出した小さな箱を、高嶺の前に差し出した。

「これは?」

「開けてみて」

両手で頬杖をつき、莉央はどこかそわそわしたように促す。

「わかった」

高嶺は手のひらよりもずっと小さなその箱を開けた。中には銀色の大きさの違う輪っかがふたつ、細いリボンで結ばれ、クッションの上に置かれていた。

一瞬、それがなにかわからなかったが、ようやく気がついた。

「――指輪?」

「そうよ。私が一週間毎日彫金教室に通って作ったの。鍛造《たんぞう》で作っているから、わりと丈夫だし、素材はプラチナだから」

「――もしかして……結婚指輪なのか！」

高嶺の中で、ようやく事実が繋がった。莉央は高嶺の誕生日に合わせて、これを作っていたのだ。

まさか莉央が指輪を作っていると思わなかった高嶺は、言葉が出ない。そして同時に、彼女に愛想をつかされたのではないかと思った自分が、猛烈に恥ずかしくなった。

「莉央……」

「あと、もうひとつあるの」

「えっ、まだあるのか。俺の心臓は大丈夫なのか？」

幸せすぎて死ぬような気がしてきた。

「こっちが本命なのよ」

そしてまたテーブルの下に顔を入れ、大きな包み紙を引っ張り出して、高嶺に差し出す。

Ａ３サイズくらいだろうか。ふんわりと包まれた包装紙を、高嶺は丁寧に剥がす。するとと中から一枚の画が出てきた。まるで星のように金をちりばめた背景の真ん中に、しっかりと二の足で立ったスーツの男の全身画だった。そしてその男は、どこからどう見ても、高嶺だった。

「――俺？」

「そうよ。人物画、初めて描いたんだけど……楽しかった」

以前莉央は、人物画は描かないと言っていたはずだ。けれど、描いてみたいとも言っていた。その第一号が自分であることに高嶺は誇らしい気持ちになる。

莉央は少し照れながらも、相変わらずニコニコと微笑んでいる。

「なかなか描き終えられなくて、夜中こっそり抜け出して、描いてたの。間に合ってよかった」

莉央はホッとしたように微笑み、そして椅子から立ち上がると、呆然と絵を見つめている高嶺の横に立ち、一緒に画を覗き込んだ。

「タイトルはね、〝星の数ほどの幸せを君に〟。喜んでもらえたら、私も嬉しいんだけど……」

莉央にとって、画は命だ。彼女の命そのものだ。

その瞬間――高嶺の胸にぐっと熱いものがこみ上げてきた。画から命を分けてもらったような気がした。背景にちりばめられた金箔のかけらは確かに星のように見えて、キラキラと輝きながら、高嶺の見る未来を、守ってくれているような気がした。
誕生日なんて、物心ついた時から、ずっとどうでもよかった。こんなふうに祝って
もらえることを考えたことすらなかった。だからこれはまったくもって不意打ちで、
莉央の清らかで瑞々しい感性と愛情に、ひざまずきたくなる。
「莉央……」
画を汚さないようにそっとテーブルに置いて、それから高嶺も椅子から立ち上がり、
莉央の手を取った。そしてそのまま、莉央を抱き寄せて口づける。
「ん……」
背伸びした莉央の腕が高嶺の首の後ろに回る。
いったい自分になにができるだろう。莉央の愛にどうやったら報いることができる
んだろう。愛おしすぎて、苦しくなる。
純粋で、でも少し不器用なところがあって、裏表なく愛してくれる、奇跡のような
この女性のために、なんでもしたい。本気でそう思う。
「莉央……愛してる……なにか、望みを言ってくれないか。欲しいものはないのか？
こんなふうに幸せばかり与えられて、俺もなにか莉央のために、できることはない
か？」

彼女が望むものはなんでも与えたいし、なんでもしてあげたい。なにより喜ぶ顔が見たい。

するとキ莉央は上目遣いで高嶺を見上げた後、少し恥ずかしそうに体重をかけてくる。

「ある……」

そしてそのまま莉央の体を支えながら後ずさり、高嶺はリビングのソファへと倒れ込んだ。

「ぎゅって、してほしい……たくさん……」

「それは最高のお願いだな」

高嶺はうっとりとしながら、莉央の頬を両手で包み、引き寄せた。

「──えっ、結局すごい惚気《のろけ》話になってるじゃん」

翌朝、久しぶりに明るい社長室ですべてを聞かされた天宮は目を丸くした。

「ああ。悪かったな」

ちっとも悪いと思っていないなそうなあっけらかんとした様子で高嶺は笑うと、バシバシと天宮の肩を叩いて椅子に腰を下ろした。

「あと、莉央とも話し合ったんだが、そろそろ子供も欲しいし、その前に、親しい人間だけ集めて、ちゃんと結婚式をしようかってことになってな。おそらく場所は京都になるはずだ。お前も来いよ」

「ああ……うん」

「莉央は白無垢がいいらしい。楽しみだ」

そして下手くそな鼻歌を歌いながら決済の書類に目を通し始める。

ここ数日、濡れ鼠《ねずみ》のように落ち込んでいた高嶺はもうどこにもいなかった。

どうやらタカミネコミュニケーションズは当分タカミネコミュニケーションズのまま、いられそうだ。

そして彼の左手薬指には、莉央から贈られた愛の証が星のように輝いていた。

新装版特別番外編

夫婦らしいこと

「ただいま」と声をかけて部屋に入ると、リビングの床のあちこちに、白い紙がちらばっていた。

俺は持っていたバッグをソファの上にのせて、紙を一枚ずつ拾い上げる。

素描というのだろうか。白い紙に鉛筆で書かれた百合のデッサンは、素人目に見ても驚くほどうまい。本当によく描けている。

絵に全く興味がない俺だが、こんな素晴らしい絵が描ける俺の妻は、世界一じゃないか？と思うが、あまりそういうことを言うと彼女に叱られるので、心の中でつぶやくだけにしている。

俺――ＩＴ企業のＣＥＯである高嶺正智の妻、莉央は新進気鋭の日本画家だ。

世界的に有名な日本画家である設楽桐史郎の唯一の弟子としても有名だが、そんなこと関係なしに、莉央の描く絵が俺は好きだった。

ちなみに副社長で親友の翔平なんかは、俺のことを『恋をしているドーベルマン』だなんて気持ち悪いことを言うが、正直当たらずとも遠からずだと思う。

俺は莉央にしか興味がないし、彼女に近づく異性はみんな俺の敵である。

結婚して十一年だが、一緒に暮らし始めて一年とちょっと。

気分は新婚だし、なんなら俺は毎日彼女のことを好きになっている。彼女に夢中で、とにかく莉央のことが好きで好きでたまらないのだ。

そんな最愛の妻の姿を探す。

「莉央」

部屋の中を見回しても描いた本人の姿がない。

もしかしたらと、莉央の部屋のドアをそっと開くと、彼女はうずくまるようにして眠っていた。

ローテーブルの上に百合の花瓶があり、当然この部屋も素描の紙であふれかえっている。

（いつもの電池切れだな……）

莉央は集中しているとき寝食を忘れて絵に没頭するので、エネルギーが切れるとそのままことんと眠ってしまうという悪癖がある。

最初は死んでいるのではないかと飛び上がらんばかりに驚いたが、何度注意しても直らないので、そういうものなんだろうと今は納得している。

「莉央」

ゆっくりと抱き上げてベッドに寝かせる。

頬にかかるさらさらの黒髪を手のひらではらって、枕の横に流した。

ベッドサイドに腰を下ろしてじっと莉央を見つめると、胸のあたりがゆっくりと上下していて、『俺の妻が息をしている！』と妙に嬉しくなった。

たまらなくなって莉央の唇に口づける。

ちゅ、と音がして、柔らかい感触に胸がいっぱいになる。

そのまま何度か方向を変えてキスしていると、

「ん……」

莉央が身じろぎして、ゆっくりと目が開いた。

「あれ……まさ、とも、さん……」

少しかすれた声もまたセクシーだ。死ぬほどかわいい。

「ただいま」

「──あ」

莉央は少しまぶしそうに眼を細めた後、上半身を起こし、ゆっくりと壁にかかっている時計を見た後、「ごめんなさい」とつぶやいた。

「なんで謝るんだ」

「また私、寝ちゃってて……ごはん……してない」

ひどく申し訳なさそうだ。眉の端がしょんぼりと下がってしまった。悲しい顔をしないでほしい。俺まで悲しくなってくる。

「べつに食事なんてシリアルでもいい」

莉央がうちに来るまで、シリアルとプロテインと翔平からもらうゆで卵で生きていた俺だ。そもそも一食くらい食べなくとも平気だ。

だがそれを聞いて莉央は、「よくない」と、つぶやいて唇を尖らせた。

「私があなたに奥さんらしいことできるのって、それくらいなんだもの」

そして莉央は両手でぱちぱちと自分の頬を叩いて、さっとベッドから降りた。

「すぐに作るから、正智さんはお風呂に入ってね」

根がまじめな彼女らしい言葉だが、

「一緒に入りたい」

風呂と聞いて、俺は即座にそう言っていた。

彼女の手をつかんで俺も立ち上がる。

「食事はあとでいい。まず一緒に風呂に入ろう」

俺が莉央の額に口づけると、莉央は「もうっ……」とあきれたように息を吐きながら、それでも素直に俺の胸に顔を寄せた。

莉央の長い髪を洗うのが好きだ。

一度も染めたことがないという艶やかな黒髪は、人によっては重く見えるだろうが、莉央の白い肌にはよく映える。

莉央の頭をマッサージするようにして洗い、トリートメントまでしっかり仕上げて終了だ。タオルでまとめた後、一緒にバスタブに身を沈める。

莉央は俺の足の間にすっぽりと収まって、背中を預けて目を閉じている。

初めて会ったころは全くなつかない子猫みたいだった莉央のことを思うと、リラックスしてくれている今の状況が夢のようだ。

首筋や肩、腕を軽くマッサージするようにもんでやると、莉央が「はぁ……」とほどけるようなため息を漏らして、また嬉しくなった。

風呂上がりに髪を乾かしおえたところで、莉央が妙にまじめな顔をして俺の腕をつかんで、ぎゅっと抱きしめてきた。

「私……正智さんに、迷惑ばっかりかけてる……」

莉央がぽつりとつぶやく。

今日はやたら寝落ちしてしまったことを気にしているようだ。

「迷惑だなんて思ったことは一度もない」

莉央は申し訳なさそうだが、むしろ莉央の世話ができるなんて、俺にとってご褒美である。

「でも、奥さんらしいことあんまりできてないから」

「奥さんらしいことなぁ……」

俺は抱きついてきた莉央を正面から抱きしめ返すと、耳元に顔を寄せる。

「正直、莉央が生きてるだけで百点だ」

「もう……あなたはすぐそうやって私のこと甘やかす」

莉央は苦笑して、それから力を抜いて俺の体に身を寄せる。

「ありがとう、正智さん。あなたは本当に優しいのね」

寄り添う体の熱がたまらない。

彼女から向けられる信頼と愛情を感じて、突然、欲望に火をつけられた気がした。

「──ありがとうも嬉しいけど、それより嬉しい言葉がある」

「なに？」

莉央がきょとんとした顔で俺を見上げる。

「――めちゃくちゃにして」

「え？」

「なにも考えられないくらいにあなたに愛されたい……って言ってほしい」

俺の欲望丸出しの言葉に、湯上りの莉央の顔がパーッと赤く染まる。

「もう、あなたって人は……」

だが莉央は俺から離れていかなかった。

そっと俺の着ているルームウェアの胸元をつかんで引き寄せると、熱っぽい眼差しで俺を見つめてささやいた。

「私を、愛して……」

その瞬間、腹の底にカッと熱が集まる。

「喜んで」

俺はそう答えながら、莉央に口づける。

もちろん、メシなんか食っている暇はなくなってしまったのは言うまでもない――。

END

あとがき

お久しぶりです、こんにちは。あさぎ千夜春です。

このたびは『初めましてこんにちは、離婚してください』の新装版をお手に取ってくださってありがとうございました。

この『はじりこ』は二〇一七年にベリーズ文庫から、その後二〇一九年に、レーベルに合わせてふんわりイメージを変えたものをスターツ出版文庫から出していただき、今回で書籍化は三度目になります。

こんな機会をいただけるのも、長く読み続けてくださった読者の皆様のおかげです。本当にありがとうございます。

今回は新装版なので、なんと表紙ははじりこのコミカライズをご担当いただいた七里ベティ先生がご担当くださいました。

デザイン前のイラストを見せてもらって、またこのふたりの新規絵が見れるなんて！　とはしゃぎまくりました。作家冥利に尽きますね。

七里先生、お忙しい中、本当にありがとうございました。

原作小説はこの一冊で終わっていますが、コミカライズではその後のお話を新規に書き下ろしさせていただき、夫婦の成長と恋愛とゴタゴタに巻き込まれてなんやかんやするお話が読めます。（なんやかんや？）

今回の書き下ろし番外編もちょこっとそのあたりを加味しています。

ぜひこの機会に、七里先生の美麗絵で、パリやらロンドンやらでイケメンに翻弄されたり、かわいい男の子の初恋になったりする莉央＆やきもちで死にそうになりつつも、絶対に負けない高嶺を楽しんでもらえたら嬉しいです。

それではこの辺で。

改めて、このような機会を設けてくださった関係者の皆様にお礼申し上げます。

あさぎ千夜春《ちよはる》

あさぎ千夜春先生への
ファンレターのあて先

〒104-0031
東京都中央区京橋 1-3-1
八重洲口大栄ビル７F
スターツ出版株式会社　書籍編集部　気付

あさぎ千夜春先生

本書へのご意見をお聞かせください

お買い上げいただき、ありがとうございます。
今後の編集の参考にさせていただきますので、
アンケートにお答えいただければ幸いです。

下記 URL または QR コードから
アンケートページへお入りください。
https://www.berrys-cafe.jp/static/etc/bb

この物語はフィクションであり、
実在の人物・団体等には一切関係ありません。
本書の無断複写・転載を禁じます。

本書は2017年6月に小社・ベリーズ文庫より刊行された『初めましてこんにちは、離婚してください』に、一部加筆・修正したものです。

初めましてこんにちは、離婚してください　新装版

2023年12月10日　初版第1刷発行

著　者　あさぎ千夜春

発行人　菊地修一
デザイン　カバー　ナルティス
　　フォーマット　hive & co.,ltd.
発行所　スターツ出版株式会社
〒104-0031
東京都中央区京橋1-3-1　八重洲口大栄ビル7F
TEL　出版マーケティンググループ　03-6202-0386
(ご注文等に関するお問い合わせ)
URL　https://starts-pub.jp/
印刷所　大日本印刷株式会社

Printed in Japan

ISBN 978-4-8137-1514-6　C0193

ベリーズ文庫 2023年12月発売

『高貴なCEOは純朴令嬢を生涯愛し囲う～俺の妻は君しかいない～【極上スパダリの執着溺愛シリーズ】』 若菜《わかな》モモ・著

ウブな令嬢の蘭は祖母同士の口約束で御曹司・清志郎と許嫁関係。憧れの彼との結婚生活にドキドキしながらも、愛なき結婚に寂しさは募るばかり。そんなある日、突然クールで不愛想だったはずの彼の激愛が溢れだし…!?　「君を絶対に手放さない」――彼の優しくも熱を孕む視線に蘭は甘く蕩けていき…。

ISBN 978-4-8137-1509-2／定価726円（本体660円＋税10%）

『ドSな御曹司は今夜も新妻だけを愛したい～子づくりは溺愛のあとで～』 葉月《はづき》りゅう・著

料理店で働く依都は、困っているところを大企業の社長・史悠に助けられる。仕事に厳しいことから“鬼”と呼ばれる冷酷な彼だったが、依都には甘い独占欲剥き出しで!?　容赦ない愛を刻まれ、やがてふたりは結婚。とある理由から子づくりを躊躇う依都だけど、史悠の溺愛猛攻で徐々に溶かされていき…!?

ISBN 978-4-8137-1510-8／定価726円（本体660円＋税10%）

『冷徹ホテル王の最上愛～天涯孤独だったのに一途な恋情で娶られました～』 皐月《さつき》なおみ・著

母を亡くし無気力な生活を送る日奈子。幼なじみで九条グループの御曹司・宗一郎に淡い恋心を抱いていたが、母の遺書に「宗一郎を好きになってはいけない」とあり、彼への気持ちを封印しようと決意。そんな中、突然彼からプロポーズされて…!?　彼の過保護な溺愛で次第に日奈子は身も心も溶けていき…。

ISBN 978-4-8137-1511-5／定価715円（本体650円＋税10%）

『お別れした凄腕救急医に見つかって最愛ママになりました』 未華空央《みはなそらお》・著

看護師の芽衣は仕事の悩みを聞いてもらったことで、エリート救急医・元宮と急接近。独占欲を露わにした彼に惹かれ甘い夜を過ごした後、元宮が結婚し渡米する噂を聞いてしまう。身を引いて娘をひとり産み育てていた頃、彼が目の前に現れて…！　「もう、抑えきれない」ママになっても溺愛されっぱなしで…!?

ISBN 978-4-8137-1512-2／定価726円（本体660円＋税10%）

『敏腕社長は雇われ妻を愛しすぎている～契約結婚なのに心ごと奪われました～』 黒乃梓《くろのあずさ》・著

大手企業で契約社員として働く傍ら、伯母の家事代行会社を手伝っている未希。ある日、家事代行の客先へ向かうと、勤め先の社長・隼人の家で…!?　副業がバレた上、契約結婚を持ちかけられる。「君の仕事は俺に甘やかされることだろ?」――仕事の延長の“妻業”のはずが、甘い溺愛に未希の心は溶かされていき…。

ISBN 978-4-8137-1513-9／定価737円（本体670円＋税10%）

ベリーズ文庫 2023年12月発売

『初めましてこんにちは、離婚してください　新装版』　あさぎ千《ち》夜《よ》春《はる》・著

家のために若くして政略結婚させられた莉央。相手は、容姿端麗だけど冷徹なIT界の帝王・高嶺。互いに顔も知らないまま十年が経ち、莉央はついに"夫"に離婚を突きつける。けれど高嶺は離婚を拒否し、まさかの溺愛モード全開に豹変して…!?　大ヒット作を装い新たに刊行！　特別書き下ろし番外編付き！

ISBN 978-4-8137-1514-6／定価499円（本体454円＋税10%）

『働きすぎのお人よし聖女ですが、無口な辺境伯に嫁いだらまさかの溺愛が待っていました』　坂《さか》野《の》真《ま》夢《む》・著

神の声を聞ける聖女・ブランシュはお人よしで苦労性。ある時、神から"結婚せよ"とのお告げがあり、訳ありの辺境伯・オレールの元へ嫁ぐことに！　彼は冷めた態度だが、ブランシュは領民の役に立とうと日々奮闘。するとオレールの不器用な愛が漏れ出してきて…。聖女が俗世で幸せになっていいんですか…!?

ISBN 978-4-8137-1515-3／定価748円（本体680円＋税10%）

ベリーズ文庫 2024年1月発売予定

Now Printing

『俺の奥さんはちょっと変わっている』 滝井《たきい》みらん・著

平凡OLの美雪は幼い頃に大企業の御曹司・蒼の婚約者となる。ひと目惚れした彼に近づけるよう花嫁修業を頑張ってきたが、蒼から提示されたのは1年間の契約結婚で…。決して愛されないはずだったのに、徐々に独占欲を垣間見せる蒼。「君は俺もの」──クールな彼の溺愛は溢れ出したら止まらない…!?

ISBN 978-4-8137-1524-5／予価660円（本体600円＋税10%）

Now Printing

『職業男子アンソロジー(航空自衛官・公安警察)』 惣領《そうりょう》莉《り》沙《さ》、高田《たかだ》ちさき・著

人気作家がお届けする、極上の職業男子たちに愛し守られる溺甘アンソロジー！　第1弾は「惣領莉沙×エリート航空自衛官からの極甘求婚」、「高田ちさき×敏腕捜査官との秘密の恋愛」の2作品を収録。個性豊かな職業男子たちが繰り広げる、溺愛たっぷりの甘々ストーリーは必見！

ISBN 978-4-8137-1525-2／予価660円（本体600円＋税10%）

Now Printing

『じゃじゃ馬は馴らさずひたすら愛でるもの』 砂川雨路《すながわあめみち》・著

華道家の娘である葵は父親の体裁のためしぶしぶお見合いにいくと、そこに現れたのは妹と結婚するはずの御曹司・成輔だった。昔から苦手意識のある彼と縁談に難色を示すが、とある理由で半年後の破談前提で交際することに。しかし「昔から君が好きだった」と独占欲を露わにした彼の溺愛猛攻が始まって…!?

ISBN 978-4-8137-1526-9／予価660円（本体600円＋税10%）

Now Printing

『完璧御曹司はかりそめの婚約者を溺愛する』 冬野《とうの》まゆ・著

社長令嬢の詩織は父の会社を救うため、御曹司の貴也と政略結婚目的でお見合いをこじつける。事情を知った貴也は偽装婚約を了承。やがて詩織は貴也に恋心を抱くが彼は子ども扱いするばかり。しかしひょんなことから同棲開始して詩織はドキドキしっぱなし！　そんなある日、寝ぼけた貴也に突然キスされて…。

ISBN 978-4-8137-1527-6／予価660円（本体600円＋税10%）

Now Printing

『チクタク時計ワニと雪解けの魔法』 ねじまきねずみ・著

OLの茉白が大手取引先との商談に行くと、現れたのはなんと御曹司である遙斗だった。初めは冷徹な態度を取られるも、懸命に仕事に励むうちに彼が甘い独占欲を露わにしてきて…!?　戸惑う茉白だったが、一度火のついた遙斗の愛は止まらない。「俺はあきらめる気はない」彼のまっすぐな想いに茉白は抗えず…！

ISBN 978-4-8137-1528-3／予価660円（本体600円＋税10%）

タイトル、価格等は変更になることがございますのでご了承ください。

ベリーズ文庫 2024年1月発売予定

Now Printing

『無口な彼が残業する理由　新装版』坂井志緒《さかいしお》・著

27歳の理沙は、恋愛を忘れて仕事の夢を追いかけている。ある日、重い荷物を運んでいると、ふと差し伸べられた手が。それは同期の丸山くんのものだった。彼は無口で無表情、無愛想（その実なかなかのイケメン）ってだけの存在だったのに、この時から彼が気になるようになって…。大人気作品の新装版！

ISBN 978-4-8137-1529-0／予価660円（本体600円＋税10%）

Now Printing

『元罪悪の聖女、転生するも即バレ!? 私を殺して皇帝になった元従僕からの溺愛に溺れそうです』友野紅子《とものこうこ》・著

聖女・アンジェリーナは、知らぬ間にその能力を戦争に利用されていた。敵国王族の生き残り・ディルハイドに殺されたはずが、前世の記憶を持ったまま伯爵家の侍女として生まれ変わる。妾の子だと虐げられる人生を送っていたら、皇帝となったディルハイドと再会。なぜか過保護に溺愛されることになり…!?

ISBN 978-4-8137-1530-6 予価660円（本体600円＋税10%）

タイトル、価格等は変更になることがございますのでご了承ください。